無名子集

이 책은 2013년도 정부(교육부)의 재원으로 한국고전번역원의 지원을 받아 수행된
'권역별거점연구소협동번역사업'의 결과물임.

This work was supported by Institute for the Translation of Korean Classics - Grant funded
by the Korean Government.

韓國古典飜譯院 韓國文集校勘標點叢書

無名子集 6

尹愭 著

李奎泌 校點

凡例

1. 이 책은 尹愭의 文集인 《無名子集》을 校勘·標點한 것이다.
2. 이 책의 底本은 韓國文集叢刊 第256輯에 실린 《無名子集》이다.
3. 原底本은 후손 尹炳曦 집안 소장본으로 異本이 없는 唯一本이다.
4. 底本에서 判讀이 어려운 글자는 原底本을 參考하여 補充·訂正하고 校勘記는 달지 않았다.
5. 본문에 쓰인 異體字는 代表字로 고치고 校勘記는 달지 않았다. 代表字의 판단은 韓國古典飜譯院 〈異體字處理一覽表〉(2011)를 準據로 하였다.
6. 筆寫 과정에서 관행적으로 通用하던 글자는 文脈에 맞게 고쳐 쓰고 校勘記는 달지 않았다.
   例) 己 已 巳
7. 이 책에서 사용한 標點符號는 다음과 같다.

   。　　　疑問文과 感歎文을 제외한 文章의 끝에 쓴다.

   ?　　　疑問文의 끝에 쓴다.

   !　　　感歎文이나 感歎詞의 끝, 강한 語調의 命令文·請誘文·反語問의 끝에 쓴다.

   ,　　　한 文章 안에서 일반적으로 句의 구분이 필요한 곳에 쓴다.

   、　　　한 句 안에서 병렬된 語彙 및 名詞句 사이에 쓴다.

   ;　　　複文 안에서 구조상 분명하게 竝列된 語句 사이에 쓴다.

   :　　　완전한 引用文의 경우 引用符號와 함께 쓰거나, 話題 혹은 小標題語로서 文章을 이끄는 語句 뒤에 쓴다.

   " "' '　　직접 引用한 말이나 強調해야 하는 말을 나타내는 데 쓰되, 1차 引用에는 " "를, 2차 引用에는 ' '를, 3차 引用에는 「 」를 쓴다.

   【 】　　原文의 註를 나타내는 데 쓴다.

   ·　　　書名號(《》) 안에서 書名과 篇名 등을 구분하는 데 쓴다.

   《 》　　書名, 篇名, 樂曲名, 書畵名 등을 나타내는 데 쓴다. 모점(、) 하위

단위의 병렬에 쓴다.
＿ 人名, 地名, 國名, 民族名, 建物名, 年號 등의 固有名詞를 나타내
는 데 쓴다.
☐ 빠진 글자의 자리에 쓴다.
▨ 훼손된 글자의 자리에 쓴다.

無名子集 文稿 冊七

進對講義

策

上言

癸亥八月十六日陵幸時上言

【臣矣段臣矣身】敢將私悃, 仰瀆天聽。 極知猥越【是白乎矣】, 事關倫紀, 變生家門, 而有不能私自處置, 竊伏冀朝家處分【是白齊】。

【臣矣身】三寸叔父幼學臣光著[1], 無子而贅居于忠清道唐津成鎭泰家, 而【臣矣身】從祖父幼學臣東晉[2], 居在隣邑□□地。 故往來之際, 【臣矣身】從祖父, 愍其無後, 以其第二孫忱[3]爲之後。 而忱[4]時年幼, 遂以其兒名手書以遺之。【臣矣身】叔父, 受置而未及率養【是白加尼】。

【臣矣身】叔父及從祖父與堂叔父母, 作故之後, 【臣矣身】叔父之妻姪成鎭泰, 使其子一源, 傳送其文迹於京中【是白乎】。 則忱[5]聞而追蹤, 乃於中路奪取而去【是白乎所】。【臣矣身】

---

1 光著 : 저본에 지워져 있지만, 희미하나마 글자를 확인할 수 있다. 또 본서 문고 제5책 〈벗 성진태에게 보낸 편지〔與成友鎭泰書〕〉, 문고 제10책 〈공충감사 사계(査啓) 및 예조 판서 회계(回啓)가 나온 뒤에 쓰다〔書公忠監司査啓及禮曹判書回啓後〕〉, 《승정원일기(承政院日記)》1801년 9월 25일, 1808년 8월 16일 기사를 참고하여 볼 때 이름을 정확이 고증하여 확정할 수 있다.

2 東晉 : 상동.

3 忱 : 상동.

4 忱 : 상동.

躬往海美[6]，曉之以義理，則忱[7]之兄憬[8]，堅拒不聽，而自言
"已火其文迹"矣。【臣矣身】以爲"卽此一事，已不免得罪名教，
然此難以口舌爭，惟有上言一節而已"。歸卽遍告于諸族及
門長幼學臣光宇處【是白加尼】。

辛酉九月，【臣矣身】方待罪黃山任所【是白如可】，聞有"人
家繼後文迹可據，則草記稟處"之朝令。故使【臣矣身】子翼
培[9]卽呈該曹。啓聞蒙允，成出禮斜。又卽以此意抵書于
忱[10]兄弟，萬端曉解。則竝不答書，又不奉祠版。故心竊訝
之矣。

忽於壬戌三月，忱[11]兄弟，因科行上京，呈單于該曹，
以爲"《國典》只有父母與受，元無祖父母與受。且其文迹今
已付丙，無憑可考"云。故該曹判書臣李晚秀，使【臣矣身】門
長光宇指一呈單，以爲處置之地。

而光宇雖曰"知其本事"【是白乎乃】，時方以忱[12]之子爲己
之孫，故拘於顏情，終不能嚴辭辨斥【是白遣】。晚秀雖以文
迹之奪取付丙，爲忱[13]之罪，而亦不欲決折，互相推諉，竟
至退却。而禮斜三年，迄無悔悟歸正之意。莫重啓下禮斜，

---

5 忱：상동.
6 海美：상동.
7 忱：상동.
8 憬：상동.
9 翼培：상동.
10 忱：상동.
11 忱：상동.
12 忱：상동.
13 忱：상동.

遂作紙上空文，而已定之父子大倫，猶若未定。此天地間一大變怪也。

噫！聖人重繼絶存亡之義，國家制禮斜立後之規，一名爲父子，卽是天屬之親。此乃撐天地，亘萬古，移易不得之倫紀綱常，而不可容一毫依違紊亂者也。手迹授受之時，父子之倫，固已大定；成出禮斜之日，父子之名，又自明白，無所逃於覆載之間。而其祖手迹，則奪取付丙；啓聞禮斜，則慢不奉行，敢爲踰年呈辨之擧，欲作漫漶掉脫之方。此自有繼後之法以來，所未嘗聞【是白遣】。

【臣矣身】叔父以天下之窮民，不能辦生前之率養，而恃篋中一片之紙，爲他日祭祀之托，其情可謂絶悲。而幾年幽鬱之文迹，卒不免奪取燒火之禍；及其名義明正之後，又不免蔑棄呈訟之辱。則必將怨怒寃泣於冥冥之中，而有足以召災而致殃者也。

蓋彼忱¹⁴也，徒知父母與受之著於《國典》，而不知祖父母與受之爲尤重；徒知奪取燒火之爲無可憑據，而不知文迹之以燒而愈明；徒知爲人後之爲可厭避，而不知大倫一定則子不可以不父其父；徒知呈辨不已或可以得意，而不知渠身之不可以長在人鬼之關。其無知妄作，若可謂不足責【是白乎矣】，今以其不足責而置之，則不但【臣矣身】一家之變而已，義理或幾乎晦塞，倫綱或幾乎滅絶，而國法無所施，悖逆得以肆，將必至於人不得爲人之境【是白乎等以】。兹

---

14 忱：상동.

敢冒萬死疾聲, 哀籲於法駕之前【爲白去乎】。

伏乞天地父母, 特軫樹人紀, 明國法之道, 亟令該曹另加嚴飭, 俾無後者得以有後, 犯倫者無至蔑倫事, 特蒙天恩。

禮曹回啓

觀此上言: 則【其矣】三寸叔光著[15]無子, 【其矣】從祖東晉[16]悶其無後, 以其第二孫忱[17]爲之後, 遂手書以遺之, 故受置而未及率養矣。【其矣】叔父及從祖與堂叔父母作故之後, 忱[18]奪取文迹而去。【其矣身】躬往以義理曉之, 則忱[19]之兄悰[20], 堅拒不聽, 而自言“已火其文迹”云。故難以口舌爭, 惟有上言一節, 歸卽遍告于諸族及門長光宇處【是白加尼】。

辛酉九月, 【其矣身】方在黄山任所, 聞有“人家繼後文迹可據者, 草記稟處”之朝令, 使【其矣】子翼培[21]卽呈該曹。成出禮斜後, 抵書于忱[22]兄弟, 而竝不答書, 故心竊訝之矣。

忽於壬戌三月, 忱[23]兄弟因科行上京, 呈單該曹, 以爲

---

15 光著 : 상동.
16 東晉 : 상동.
17 忱 : 상동.
18 忱 : 상동.
19 忱 : 상동.
20 悰 : 상동.
21 翼培 : 상동.
22 忱 : 상동.
23 忱 : 상동.

"《國典》只有父母與受，元無祖父母與受，且其文迹今已付丙，無憑可考云云。"

　該曹使門長指一呈單，則光宇雖曰"知其本事"，時方以忨[24]之子爲己之孫，故拘於顏情，終不能嚴辭辨斥【是白如乎】。禮斜三年，迄無悔悟歸正之意，莫重啓下禮斜，遂作紙上空文，而已定之父子大倫，猶若未定。此天地間一大變怪，亟令該曹，另加嚴飭，俾無後者得以有後，犯倫者無至蔑倫事。有此呼籲【爲白有臥乎所】。

　繼絶立後，實關朝家大政。在於法從之列，爲此上言之舉，而縷縷條列，極其詳細，宜不待更查而決折【是白乎矣】。尹忨[25]之弟愼[26]，以其兄罷養事，今番上言，啓下臣曹。而辭意與此逕庭，其在重倫紀之道，恐不可遽爾論斷【是白如乎】。使其門長到底詳查，指一呈單後，更爲稟處何如？

　啓依允。

【海美幼學尹愼[27]上言回啓：禮曹啓目"觀此上言，則爲其同生兄尹忨[28]請罷養事，有此呼籲【爲白有臥乎所】"。此事已悉於前掌令尹憒[29]上言回啓中，待門長呈單，更爲稟處何如？啓依允。】

24　忨：상동.
25　忨：상동.
26　愼：상동.
27　愼：상동.
28　忨：상동.
29　憒：상동.

書上言回啓後

嗟乎！世教之乖亂無餘地，一至此乎？夫以祖父之命，繼堂叔之後，而不肯順受，至於禮斜年久之後，而旣使其兄呈單于禮曹，又使其弟上言于駕前，終無悔悟之意者，固不可以人理責之。而至若禮曹，乃是掌邦禮正倫紀之地也，居是職者所任何事？今於士族之家，有此名教之變。而旣明知其奪燒文迹，違逆君命，猶且每諉於門長，前後一轍。惟以不卽決折，漫漶挨過爲妙方，此何道理？遂使倫紀滅絕，國法虧壞，是不但一家內難處之事，一世上無前之變而已，抑將爲天下後世無窮之弊矣，寧不痛哉？如此無倫悖理者，曾夷狄禽獸之不若，縱使繼後，匪幸伊辱，反不如無後之爲愈。今則惟願速卽罷養，而此亦迄無結末，將奈何，將奈何？

疑題【當在上疑題條】

問：《大學》引《淇澳》詩，而釋之曰"如切如磋者，道學也；如琢如磨者，自脩也"。夫切磋、琢磨，皆言"其治之有緒，而益致其精"，則此以學與自修分釋之者何歟？然則切磋非自修之謂，而琢磨非所以道學歟？先儒以知、行之難易爲言。《詩》之本義與《大學》釋之之意，果皆以玉石骨角之不同，分而二之歟？願聞之。

座右銘 二首

柔外剛內，孫言危行。
揆之義理，律以賢聖。
鑑古懲今，正心俟命。
庶寡大過，乃全本性。

毋出其言，必敏於行。
終日如愚，百世俟聖。
自守也貞，不遇則命。
俛焉至斃，習以成性。

雜記三

處身、行事，只觀世人之語，則可以審其取舍矣。人鮮能守拙，而皆自以爲拙，惟恐或歸於巧；鮮能行儉，而皆自以爲儉，惟恐或歸於侈；鮮能眞廉，而皆自以爲廉，惟恐或歸於貪；鮮能眞直，而皆自以爲直，惟恐或歸於詐。刻薄者自以爲忠厚，欺誣者自以爲誠信，暴厲者自以爲仁慈，驕傲者自以爲恭謹，不慎言者自以爲寡默，喜出入者自以爲閉戶。

然則其是非、向背之別，非不皆知也。而率不免內外之懸殊，人之視之，如見其肺肝，則又從而嫉惡之。甚矣，私慾之喪人性，而外飾之陷人心也！

至於婦人，則有甚焉。懶而惡人之謂懶也，妬而惡人之謂妬也。若拗、若酷、若麤、若忌諱、若好鬼、若溺愛，而皆自以爲不然。是固無足誅矣，以丈夫而滔滔皆是，可歎也。與其心知其非而躬蹈之，又掩匿之若穿窬之常畏人知，曷若內外如一而無所愧於心乎？

門閥取人，自古已然。而我國尤甚，不問其人之如何，惟以名祖之裔與貴勢之姻戚爲地望。至於文任亦然，昔人有"上車不落卽著作，起居何如卽秘書"之語。余嘗因而爲之語曰："上車不落卽黃閣，起居何似卽太史。"

嗟乎！天之生斯民也，豈宣使相門出相，將門出將而已也哉？以近日朝廷言之，雖通謂之士大夫，而閣臣爲一層，弘錄爲一層，兩司爲一層，不及兩司又爲一層。故論人者必曰："是某之子孫也，其門閥視某之子孫爲優；是某之姻戚也，其地處視某之姻戚爲劣。"下之所以自待者以此，上之所以遇之者以此，世之所以抑揚之者亦以此，而更不論心志之邪正、言行之善惡、才藝之工拙。

故名門勢族，舉皆弱冠立揚，平步公卿。位不期驕，祿不期侈，以駥蠢陵俊乂，以稊小侮老成。而不然則雖有德行才學之超世者，皆不免潦倒湮沒，無惑乎世道之日就陵夷也。然且架漏牽補，因循彌縫，以賁飾太平。古人有言曰"才不借於異代"，今可謂"才不借於寒微"。未知天理固如是耶？

余嘗怪天下妬婦之愚且塞也。其是非、善惡，固不可語之於此等人。而只就利害言之，妬而有益，則可以妬矣，而非徒無益，而又自害其身。古今以妬而忍所不忍，自戕其命，至害其夫，見笑於一時，遺臭於萬世而不顧者，指不勝僂，吾未見其有益也。妬而可以止其夫之有他，專其寵於自己，則可以妬矣。而吾又未見其有是也。

今夫村女有私而見露，則大禍立至，而猶有伺間淫放者。以男子而終身專意於一婦，遇他女則掩面而過者，天下無是理也。既不可禁，則無寧不妬，使己身心不勞，而其夫賢之，其女感之，其家頌之，其鄰里鄉黨稱之，何苦而自取妬婦之名，勤伺察，費聲色，爲無益之舉，而使其夫苦之，其女怨之，其家唾之，其鄰里鄉黨目之乎？吾見其不知利害，殆無異於禽獸也。

剛柔說

天下之至柔，在身無如舌，飲食言語皆以是，宜若易弊也，而至死不弊；在物無如水，其爲性只潤下沾濕，宜若無力也，而負萬斛舟，決千仞石，有餘。是二者雖舉天下之至剛，無足以當之。使舌而剛則其弊也可立待，水而剛則其力也必有限。然則剛不能剛，柔而後能剛，柔之爲德也，其至矣乎。故搖唇鼓吻者，一默足以當之；裂眦衝冠者，一笑足以勝之。則天下之剛，其不在於柔乎？

然而柔又在乎用之之如何。以舌之柔而不弊也，而不能愼言語飲食，則反爲柔所害；以水之柔而易玩也，而一或狎侮焉，則反爲柔所陷。苟使柔焉而不知振，柔之而不知謹，則非常樅示舌之意，而終必如弱水之不能負芥委靡墊溺而已，可不戒哉？是故君子必戰戰兢兢，外柔而內剛。

三緘銘 四首

不得不言，且思且節。
其他萬事，緘口結舌。
羡彼瘖者，語無由出。
難之截之，以保餘日。

大言不出，可免大壞。
小言而出，則有小敗。
言不可出，無小無大。
守之自小，毋至大過。

言之出也，思右量左。
不得不言，不言亦可。
不得不言，乃敢徐發。
不言亦可，惟恐或突。

卽刻戒之，俄又如前。

今日愼之，明日復然。

孰有大勇，而能免斯？

書庸識哉，常目于茲。

自贊

面目可憎，語言無味，是以客無至兮。

不出戶庭，不學欺飾，是以世無識兮。

無所猷爲，且食且衣，是以寒又飢兮。

惟其蚤服聖人之訓，粗免色厲而內荏，尚庶幾不喪乎厥初
之稟兮。

論銓官

吏曹判書，古之吏部尙書也。以其銓衡人物，故謂之銓官。
銓官之堂上有三人，俗以判書爲長銓，參判爲亞銓，參議爲
三銓。蓋以鑑別人材，使之各當其職，如銓衡之稱物，必欲
得其中正，無東西低仰之患也。人君之用人，專在於銓曹，
以之進賢退不肖，或舍短取長。而政無不修、事無不擧，斯
天下治矣。

　　今之銓官則異於是，以私爲權、以欲爲衡，銓其勢力

之有無，而惟是之稱焉；銓其情誼之親疏，而惟是之權焉。色目之爲銓，而以多少之不均爲均；地處之爲銓，而以優劣之不公爲公。甚至於錢多則銓爲之傾，囑緊則銓爲之橫。

銓之不平，而觀者亦爲之不平；銓之有意，而聞者亦爲之有意，畢竟人心拂鬱，輿議層激，以至彈章峻發，而醜穢之聲，決東海而難洗；嶺海甘赴，而身名之敗，臨白日而莫暴。皆其自取，何嗟及矣？然而前車旣覆，後轍復蹈，熟視其狼狽而樂與之同歸，得不謂之愚乎？

余竊悶之，欲爲爲銓官者痛言之。而交淺言深，反以媒禍，非君子之攸行。噫！銓官者非尋常任一事、奉一職之比也。黜陟用舍，在乎許多注擬之際，若躁競者因私逕而倖占，恬靜者以不求而棄捐，則其於國事何？民生何？且官爵者，朝廷之公器也，非一人之私物也，安得以一人之私，操弄公器而不少顧憚哉？若是者，必不畏天、不畏君、不畏人、不畏神者也，揆之以理，罪不容誅。

今若從不呈面、不送言者，按官案而以次注擬，其在官而貪汚殘虐，行身而鄙悖佞邪者，一切勿論，則一國皆將曰“此乃公道”也。而其於冤屈沈滯者，爲積善、爲陰德，且爲抑躁競、獎恬靜之道，而庶幾哉風俗之丕變矣。

且叔季人才，雖曰渺然，爲銓官者，誠有公心與誠心，則亦豈無可用者乎？夫謹拙者，必非鑽刺者類；雅正者，必非浮雜者比。以此求之，則其於鑑別之方，庶不左矣。如此則人心何從而拂鬱，彈章何從而峻發乎？假使私邪之徒，恨其不得行胸臆而有所搆陷，亦仰不愧、俯不怍矣。

或曰："爲銓官而不受錢，則固在我矣。若不聽貴勢之言，則必取禍，割斷姻親、知舊之請，則必見絕，將奈何？"

曰：若慮此，則雖得罪必辭去，斷不可揚揚自處以大冢宰而坐政廳，行今世之政也。近世有一人，心知升學之不可不革罷，故雖爲泮長而必辭乃已，此可爲法也。

以余杜門聾瞽，無人來往，而每於都政過後，尚有一二入耳者。或曰："今番亦全是分付，銓官不得自由，良可憐也。"分付者謂貴勢之言也。或曰"今番某人入錢幾許，得某太守某監司"，或曰"某人入錢，以其數不及人，未得擬，忿而還推"云。末世囂囂之俗，好說人短，不好說人長，雖未知其言之必皆可信，而亦豈無苗脉於其間乎？

吾聞今之人忠於國事則未也，而爲身謀則未有不善。以今所見言之，則幷與爲身謀，而未可謂善也，斯豈非惑之甚者乎？夫求者與之，不求者不與，自古通患，而程子之所嘗歎也，又何可望之於今人乎？余之此言，雖使居銓者聞之，必不用之矣。

余平生願一見吏判之無心而行政，泮長之以文而取士，此二者皆必不可得者也。已焉哉，謂之何哉？世以銓地爲凶家，謂"居之者必逢禍"也。然古人有言曰"人凶非宅凶"，豈有名以銓地，便爲凶家之理乎？良以居之之不得其道，而安其危、利其菑、樂其所以亡也。然而往者過、來者續，項背相望，如印一板，其將長爲此世風習、此世模樣而已矣。嗟乎悲夫！

家禁

我國之曰"兩班"、曰"士大夫"者，除在東西班外，皆以其先
之嘗爲大夫士。故雖累世沈滯，而通稱爲兩班、爲士大夫，
不充於軍役，不與於賤任。是其飭躬、修行、讀書、談道，
通古今、達事理，有所操、有所不爲，達則能世其家，窮亦
不失其身，足以廁於儒士之列，故無愧乎是稱。

今之所謂"兩班"，徒以兩班之裔，而不以兩班之實，往
往家業零替，不免爲破落戶者甚多。欲務文行也，則頹惰不
肯用心；欲爲耕稼也，則懶散不能自力；欲爲工賈也，則又
恥惡不欲混迹。其勢不得不別求不用心、不用力之事，以
資其衣食而充其所欲。其所以爲術者，千塗萬轍，不可勝
紀，而要皆玷辱祖先，墜落家聲，曾不如食力之民，無邪
心，勞筋骨，以仰事俯育也。猶且揚揚焉，自稱以兩班，彼
蚩蚩者氓，狃侮已久，安肯畏敬？

小有觸犯，則或私自縛打，或呈官懲治，夷考其實，則
乃先失其道耳。以此之故，常民視兩班，便若仇讐，俗稱
"脫有不幸遇亂，則兩班不死於賊，而必皆死於洞內常漢之
手"，若兩班平日所行，爲常漢所厭服，則豈至於此乎？蓋
不特見侮於常漢爲可戒，凡諸般敗亡之事，罔非自取，可不
畏哉？可不愼哉？今錄其大者於左，以爲家禁，蓋欲垂訓
於後承，禁之使不爲也。然禁乃末也，吾無以敎化子孫，而
乃設禁以防之，良亦愧矣。

一。兩班之非文、非武、不稼、不穡者，必好出入，喜詼諧，傳朝廷之事，說他人之過，歷遍親知之家，投入賭釀之會。朝而出，暮而入，不告於親；東而食，西而宿，寄命於人。此其勢不得不然，蓋無所事而在家終日，則直欲發狂；無所知而觀書談文，則苦無滋味，姑且吸草討酒，以助諧浪；博奕晝眠，以消永日而已。如此而能爲人者，未之有也；如此而不敗家亡身者，亦未之有也。

一。酒之害，可勝道哉？以家而言，則日傾百盃，而卒至於敗家；以身而言，則積醒成病，而竟致於亡身。不但爲一時喪失容儀，放縱語言之爲駁悖而已也。吾聞多矣，今不欲歷數而索言。苟能只以一杯爲限，則庶不至於沈湎之歸，而若復耽於美味入唇，托於爲人所勸，駸駸然泛濫於其外，則不可節不可說矣，可不猛省焉？

一。男女人之大欲也，故反爲陷身之具、亡身之物。若見冶容者而便欲之，不顧爲己之恥辱，被人之譏笑，則是眞<u>程子</u>所謂“禽獸”也。況虛羸之祟，惡毒之症，每見覆轍之相尋，而曾不知痛戒而勇絶，則是尙可謂人乎哉？念之戒之。

一。俗所謂“投牋”者，最是敗家亡身之物也。其害之甚於酒色，吾已屢言之，而上自富貴之家，下至輿儓之賤，靡不貪惑。又若訏謨於廟堂，出入於經幄者，亦皆成風，至有“不爲投牋，則不可行世”之說。甚矣，俗習之易於漸染，而難於曉解也，其弊必至於爲盜賊而後已。

蓋公私之債，或有不能償者，辱督備至。至於囚杖之
境，而猶可耐過；至於投牋之債，不得不償。故或無以償，
則脫所着；不足，則欺人出債；又不足，則欺其家而盜其家
之物；又不足，則行穿窬之事，此所以必爲盜也。

且罔晝夜頟頟，失性喪魄，必不久於世，故曰"未有惑
於投牋而能壽者"。吾嘗以此驗之果然。蓋其髮亂、眼赤，
精神恍惚，便一奇鬼，安得不促其壽而歸黃泉耶？故曰"敗
家亡身，甚於酒色"也。

吾嘗謂"始作投牋者，必不得其死，且必無後"，爲其誤
天下後世之人，莫此爲甚也。必須初不學知，而又或逢見此
物，則必逡巡退避，勿使照眼，然後可免其禍。不然則駸駸
然入於其中，一入則不可復出矣，奈何不深惡而痛絕之哉？
又有聚會投牋者於家，出錢以收其利，且有房價油價飲食價
等名目，以爲生理者，此乃娼嫗之類，吾不欲掛諸齒牙也。

一。非理好訟，最爲無賴者惡行。蓋欲好其衣食，而無他着
手處，故揣摩出此等事，以冀其僥倖得意也。無論如此如
彼，要之非强奪則幻弄，此所謂"行盜賊之事於白日之下"者
也。其畢竟陷於刑辟，姑舍毋論，是豈人之所可萌諸心者
乎？

甚至於塗擦人文書，詐效人署押，變幻人姓名，巧爲辯
給，粧得文字，顚倒是非，換易主客。又甚至於僞造印信，
偸弄朱墨，千態萬狀，極其狡惡。爲官長者，一或不察，則

奸人之肆志，平民之呼寃，容有極乎？此天理之所不容，而王法之所必誅也。若不深懲其無所倖免，而堅懷若浼之心，則窮濫之習，安知其不至於此乎？

一。締結非類，夤緣官府，圖爲請囑者，賤行之尤者也。蓋今俗，雖理直之訟，當然之事，必欲先行請囑，此則爲官長者，好受賂囑，不循事理，有以使之也。而以請囑爲事者，晝夜奔走，旁求其路，揚言於人曰"今世之事，雖萬萬理直，非請不成"，乃自稱"我與某人相親，可通於某官；我知某處蹊逕，可事於鑽刺，無論某事，蔑不濟矣"，聽其言，若可以無所不爲。

　故訟之積年相持者、事之有利未就者，與夫科舉之關節、宦路之私邪，無不咸萃而咕囑於是。顯自擔當，暗相鉤引，或靳難之，或羈縻之。畢竟決末之後，或受賂橫走，而使人狼狽；或無所容力，而坐獲其利；或因人成事，而從中賺取。騙賈之術，閃忽之法，無所不有，而自以爲技能。又有好爲買賣之居間，婚姻之勸沮，科場同事之慫成者，種種奇怪之事，不一而足，眞駔儈之不如也。苟有人心，忍爲之乎？

一。小有才而不至於甚無識，則易入於雜術。既曰"雜術"，則固非士君子所宜爲，而其行卑、其迹賤，其用心亦隨而乖，固其勢然也。無論醫術、風水、卜術、相術、談命等諸般名色，一號爲"某技"，則人皆輻湊，己便尊大，而其心則輒向利邊走作。

一有向利之心，則必有不精其業而先衒其能，自是已見而偏非人言之患。此無他，欲人之專信於己而名自歸焉，名之所在，利必從之也。只此私意，已先不好了，又豈能專心精治，而言必有中乎？

是故有勢有錢者，不待求見，而先自沽衒，竭心效忠，以其有所利也。無勢無錢者，十往而不可見，見亦漫應，或逢困辱，以其無所利也。此豈持其心者之所可爲乎？吾平生竊痛其心術之乖，不但行卑迹賤而已也。

一。給債之利大矣。計其利之利、息之息，則雖至於通國之富可也。以故或有賣土與舍而給之者，或有以他人物而與之者。是其意將以取其利、多其數，而買之償之也。又以爲"有典當、有保人，則可以無失也"，而不知天下事未嘗有一一如意者。況債者一朔之利，爲十之一，十朔則子母等，子母等則不得加焉。故甚者，或旣爲子‧母而未得收，則並與子爲母。

又其甚者別爲一法，名曰"日受"，謂日日受之也。假如今朔給百文，則自其日受二文，至兩朔爲百二十文而止。又有名曰"香徒米"者。如一斗則一朔之利爲二升，五朔則子母等，此則又倍於錢債矣。

世間安有公然利多而無害者乎？彼出債者，以其有急也，故不顧後日之力，惟以得爲幸，而旣用之後，更無償之之望。故其見督也，姑爲善辭以彌縫之，其久遠也，乃回避之，或反詈辱之。雖欲訟之於官，又恐十一之利違於國典，官亦未必督捧而後已，以故太半歸於空失。

假令久而受之，其所受不足以當其利，而不能以適於用，畢竟蕩敗無餘地，惡在其爲利乎？所得者不過"給債殖利"之指目而已。故諺曰"給債者，雖致富，未有久享者"，又曰"給債已甚者，必無後"，謂其多行不近人情之事，坐收厚利，有害陰德也。耽於目前之利，而昧於無窮之害，其亦不思之甚矣。

又有好負債者，不量出處而惟錢之欲。其言曰："聞埋於土，未聞埋於債。"畢竟小則辱罵相加，大則官司相訟，未知其心腸如何而若是無理也。

一。無識而惑於地理者，不顧他人山地之挨逼，必爲偸葬之計。偸葬之際，半夜蒼黃草草，不能備儀，已可寒心。而又況山主旣覺之後，必呈訟督掘。其不得不掘者，官庭捧侤刻期掘移，定日已過，則又復定日，惟以延拖爲計。而若山主有勢，或官長剛明，則刑杖、枷囚，必掘乃已。如此則徒費再擧，實爲無益。而若不可不禁之地，官家不肯督掘，則山主必私自掘出，或倒轉其柩，或沃以汚穢，其爲辱其親，莫此爲甚。而不知懲戢，又顧而之他，一生以偸葬爲事者，比比有之。

夫葬者將以安其親之體魄，而乃反使之白骨飄零，僇辱顚沛，苟有一分人心，忍爲之乎？究其心術，不在於葬親，專爲他日發福之說所動也。假使發福如地師之言，孝子慈孫，必不如是，況未必然乎？如此子孫，有亦何爲？不如無後者之猶得保萬年之宅也，可痛之甚。

一。族黨稍盛，僮僕稍備者，又有肆行豪强，武斷鄉曲之習，凌踏官長，虐使小民。稱以貸用，而公肆攘奪之擧；托以買賣，而輒行抑勒之政，動民爲役，殆若官家之傳令；淫刑濫罰，有甚法司之嚴刻。甚至於官吏之畏惻，而地主莫敢誰何；小民之疾怨，而朝廷不能禁抑。若是者其去强盜者幾何，而亦未有不見敗者也，可不戒哉？

一。好言利者，必以築堰作田爲上策曰：“某處有一空地可以作沕，若費幾百緡，則可得幾十里沃土；某地有一隱處可以築垌，若得幾千債，則可獲幾萬石秋收。”聽其言，誠是大利所在。故有錢者不計多少，而自爲物主；給債者甘於誘說，而至於賣土。畢竟或信其亡是公，而初爲虛影所欺；或終爲河上翁，而空作捧土之勞，以至於一敗塗地，丐乞以死者，往往有之。

而又有人善爲之說，以爲“此則萬無一失，蔑不成矣”云爾，則又必有陷於其中者，甚矣，利之易惑人也。苟有一分知覺，見利而思敗，鑑前而懲後，寧或爲此等說所動哉？

一。殘孫之無識者，到得百尺竿頭，無所着手，則必賣祭田及墓奴婢。而又及於丘木，猶爲不足則又必至於擧山地而鬻之。蓋有錢者，欲葬其山而慮其有訟也，則必重價以賺之。

既成之後，或遷葬以避之，或不能遷，而一抔之外，盡屬之他人。如此而猶可謂之"有子孫之墓"乎？蓋至此而人理滅絕，終亦必至於殄亡而已矣。

一。貧窮而無他計者，又必爲"乞馱"之行。其有姻親、知舊之爲外任者，及從他道可以通聲息者，則必出債賣物，以資其人馬及路費，受簡踏印，以免其閤禁與生面。方其往也，意以爲"稇載而歸"，及其到得某官門前，若經時閱月而未得通。則或賣馬鬻衣以爲食，或假稱訟民以入門，或要於路而呼之，或鬧於外而通之，已非持身者所可爲。

而至其積費經營，僅得入見，則或纔得錢緡、米斗之顧助，或只是薄饌冷眼之光景而已。吾謂"此則反不如持瓢乞一匙於村中"也，而人皆以爲常，不以爲羞。及其見困也，則又憤怒揚言，或登山辱罵，以爲"薄惡"；或後日斥絕，以爲"換腸"。彼在官者，固薄矣，獨不顧自己之行身與體貌乎？使其飢臥破屋，孰敢以此加之？令人直欲掩面。

一。世之爲姓蓋千萬，皆有族譜，而近聞各姓無不爲譜役者。蓋族譜之設，本出於尊祖、敬宗、收族之意，而又欲序其昭穆，明其派分，以寓親親之義。觀於蘇明允《族譜序》，可知也。

今也則不然，某姓中一二人，唱爲修譜之說，定有司於京鄉，又定譜所於某處。而又必有財力，然後可以爲役。於是躬進或抵書於族中，各受單子及名下錢幾許，而其間雜亂之端，不一而足。

　或於無後之下，忽係以子孫；或於舊譜之中，直拔其庶字；或當入而使不得入；或不當入而使之入。別譜各譜之辭說紛紜，京派鄉派之議論携貳。且或有欲專其利而搆陷人者，或有欲分其功而沮戲人者，種種惡習，無所不至。以此觀之，其意豈在於修譜哉？然則名曰“修譜”，而終歸於亂譜。如此而修譜何爲？徒得不潔之名而已，可不戒哉？

　惟久遠之譜，世代漸邈，子姓寖繁，不得不踵而修之者，必擇謹拙、廉介者，以爲之主，而凡有司與收財者，亦必另選，一依舊譜，無所變易，而只以舊譜之未及錄者，錄於其下，則庶無大失矣。

一。姻親、知舊間，有爲外任者，則必有隨往，與之同去就者，俗謂之“冊房”。蓋爲守令者，難於獨居，必率去冊客，親遇之如兄弟子侄，使之管攝官屬，通其賂遺；監視工役，副其所欲；廉察外間，廣其耳目。彼冊客也，苟能純實公直，無一毫私詐用事之弊，則未爲不可，而世之如此者幾人？

　大抵隨人爲冊客者，豈必專以誠心爲其主人而已哉？亦欲自爲耳。通賂則從中潛受，而反肆欺賣；看役則先取美好，而後乃塞責；廉察則或飾以媚之，或張以恐之，而無補益之實，或反有難言之弊。

　及其歸也，主人則或全然見失，空手可憐，而冊客則未有不脫貧者。吾未知爲外任者，將以專爲冊客地乎？畢竟殿最之題目出，則或曰“冊客招謗”，或曰“胡不謝客”，下等之題，幾皆有"客"字。其所謂主人亦愚矣，而客亦多負主人矣，迹其所爲，率皆欺偸之法。雖貧窮無賴，寧忍爲是，以陷人而自肥乎？

一. 貧窮者，或搜得久遠文券，爲推奴之行，蓋亦弩末之勢，迫不得已之致也。然而其所謂"奴"也，不爲奴已久。又多子姓、富錢財，方且爲兩班者也。而以一奴一馬，極孤至弱之行色，傲然往臨之曰"吾乃汝之上典"，彼肯安而受之，跪伏、奔走？又多出錢物以奉之乎？此必無之理，而必無幸之事也。是故率多往而不返者。

悲夫！夫捐性命，至難也，雖忠孝之當然，猶鮮有勇決。況以萬一之倖望，輕七尺如鴻毛，作飛蛾之自撲乎？可謂愚之甚、蔽之甚，全沒知覺者也。

一. 居鄉者，必出入鄉校。蓋有兩端：或欲攬鄉權，或專爲醉飽也。夫京有太學，鄉有校宮，豈非儒士所遊息之地？而今之鄉校則不然，各自分裂，互相傾軋，黨同伐異，附勢陵弱。或不可入靑衿錄者，而受賂潛書；或惡鄉權之不專於己，而割名揭罰。校宮之財，則萬端染指；校生之錢，則百計鉤取；酒肉隨時而狼藉；論議以意而低仰。

畢竟齊楚俱失，歸於鄉戰，一遇剛明之官，則至有報營刑配之擧。是故稍自矜持者，迹未嘗及，則其往來出入者，槪可知已。是豈士子所可效尤者乎？

一。人之於喪祭，固所自盡。然亦稱家有無，盡吾之誠而已。今或有不量力，而過欲備禮，不但備禮，又欲侈人之觀聽，喪而衣衾棺椁，祭而庶羞群品，貧用富例，賤擬貴習，貸人之物，負人之債。卒至於不能如期備償，而詈辱及之，後又無以繼之。此可謂"厚於親者"乎？與其備物而貽辱，不若薄具而爲久遠之計。苟有人心，庶可擇而處之。

一。 世或有好爲移居者，遷徙無常，生理日削。蓋人情久居，則忘其利而覺其弊。於是聞某處之好，則有"逝將去汝，適彼樂土"之意，乃決計而往。既往則必有不便之端，故又顧而之他。如此之際，若干家產什物，蕩盡無餘，而生計則卒不可裕。畢竟顛倒、狼狽，還歸故土，吾見多矣。是其中無所主，或冀彼勝於此，而殊不知天下未有不可居之地，亦未有全然無弊之處。

彼在京而貧者，苦莫甚矣。而既無田土可以往依、奴僕可以任使，則落鄉何爲？子弟若後孫，或有爲科業者，則只有裹糧遠涉之勞費而已。 不然而小失其身，則高而入於鄉任；下而沒於閑丁而已。

在鄉而或慕京居之樂，不量力而入洛，則其難堪之狀，有非元在京者之比，故畢竟還歸於鄉。 又有移往妻家近處而居生者，此則尤不可。以外面驟看則似優於他處，而其實則反不如爲他人之附庸，苟有丈夫之志氣者，必不爲是，不待索言而可知也。故心定者，非至不得已，則必安於故居；心不定者，爲一時勸誘所動，每有此患，可歎可懲。

一。無論京鄉，近世所謂"通文與長書"，實爲痼弊。蓋其各自爲黨，疾異己者，而欲擠陷之，則必爲通文，以數其罪，而竝及於世累身疵，以爲輪示暴露之計。又爲長書，以發明自己，而攇絕他人。其言之中不中，姑舍是，士類間風習，誠可恥而可惡。苟能自守，豈或爲是？爲是者皆劻勷勃屑，欲顯名於世，樹功於人者之類也，其可效之乎？

一。素無操守，而薄有文藝者，必爲人所迫，不能力拒，小而官府呈訴，大而朝廷疏章，輒爲代撰，此至危險之事也。其或旨意不正，或字句不審，或無所的知而質言之，或有所諱觸而顯書之，則在官府必逢辱，在朝廷必罹禍，其得無事者，特幸也。然而猶有爲之者，豈非愚之甚耶？公然自在之身，替人操觚，其受罪也必倍蓰。自古鑑戒，不啻昭昭，而每蹈覆轍，此小人之樂禍而不知懲者也。且縱得無事，豈有守者所爲哉？

一。近聞"充滿捕廳者，多是班賊"云，"班賊"者謂"兩班盜賊"也。此蓋出於不忍窮困，而失其本心也。名曰"兩班"，而若有一分羞惡之心，則豈至於是？而以夫子"苟患失之，無所不至"之訓推之，則苟欲遊衣遊食而不顧廉恥身名，則亦無所不至矣，豈不大可懼哉？

一。或有遺棄親戚，改易名號，橫行於州里之間，以欺人而騙貨。又有忘家逃身，或祝髮於山寺，或托命於逆旅，或混迹於薤歌，或投入於梢工。若是者乃或有之變怪，豈多乎哉？然而不學無識，失其本性，則亦安知不流入於此等處乎？可畏可畏。

一。倫紀者，乃撐天地，亘萬古，不可變易干犯者也。而或有以繼後之無所利，不欲爲之繼後，雖命之於父祖，告之於朝家，亦拒逆焉。如此者尚可謂之人乎？然而冠頭帶腰，自得於覆載之間，己旣不知得罪於名教，人亦不欲致嚴於聲討。其弊將無所不至，而率天下入於夷狄禽獸之域矣，豈非王法之所必誅而不赦者乎？

凡此條列，皆目擊耳剽而撮其大者，其餘瑣屑之事，固不能一一毛擧也。蓋凡人之行己也，苟非志於義而有所不爲者，則入於善難，入於惡易。且人能忍窮守餓，至死不變者，能有幾耶？若非痛自刻厲，誓死不爲，則計窮勢迫，眞是無所不爲。而況當此之時，必有人教其謀、勸其事，甘言利說，鮮有不撓。由此而雖至於盜賊，亦無難矣；雖至於得罪人倫，亦不異矣。

此吾所以備列於條件中，而非過慮也。寧無後，不願有如許子孫也。凡爲吾後者，苟有一分知覺、一分學識，當不待禁而自無犯。不幸而雖不學無識，貧窮以死，視此禁如國之大禁，愼毋犯焉。子孫之不肖者，雖難責其必遵祖先之戒飭，而觀此論之以義理，辨之以利害，不可謂"不然"，則豈無瞿然內顧，惕然知懼之心乎？

嗚呼！人能卑其身於千萬人之下，而高其心於千萬人之上，然後方可以無犯此禁，可不戰兢於夙夜食息之頃乎？夫犯邦禁則刑，犯家禁則曰"無害"。然天理所不容，神道所必殃，則王法所不貸，及其罹禍，悔之何及？

苟能視此爲警，操心、守身，則吾亦與有光矣。倘或以爲"是紙上空文也。昔之人無聞知，爲此迂闊之談。吾行吾意，孰禁哉？"云爾，則戚矣，亦如之何哉？

或謂余曰："子之所以爲後世慮者，只是戒窮濫之習耳，安知子之後必無富貴者乎？子獨不爲之言，何也？"余曰："余門衰祚薄，零替日甚。故懼其終至於無所不爲，而至爲之禁，冀其有一分之益耳，安望富貴乎？然子之言既如此，聊且筆之。"

一。《書》曰："位不期驕，祿不期侈。"蓋位高則爵祿貴盛，意氣盈溢，而人皆承奉，故非不知驕之爲凶德，而卒不免於不期驕而自底於驕；財富則需用豐足，有求必得，而意欲無限，故非不知侈之非清節，而卒不免於不期侈而自至於侈。若驕若侈，未或不亡，二者實互因而相隨者也。

是故公子車有言曰："貴不與富期而富至，富不與粱肉期而粱肉至，粱肉不與驕奢期而驕奢至，驕奢不與死亡期而死亡至。"蓋志自滿之禍，不但九族乃離而已也；不儉節之患，不但孽火燒室而已也。

彼再命而車上僂、三命而名諸父者，與夫一盂羹費三萬、一釵七十萬者，固不足說，而下於此者，亦萬世同流，將由惡終，豈不悲哉？苟非知識超於凡人，操守拔乎流俗，確立規模，痛加裁抑，則難乎免爲滔滔之歸矣。

肆惟夫子爲之訓曰：「如有周公之才之美，使驕且吝，其餘不足觀也已。」夫侈者未有不吝，而亦未有不驕者也；驕者未有不侈，而亦未有不吝者也。以周公之聖，夫豈可以擬議於此等惡德，而聖人之言若是者，所以深言驕、吝者之更無足觀也。

噫！欲自免於驕者，必謙謙卑牧，視天下無一物可侮，雖吾之位已高而遺以外物，吾之才超人而若無若虛，常以愚夫、愚婦一能勝予爲戒，又以附之以韓、魏之家，自視欿然爲心，而惴惴焉惟恐其或近於驕，然後庶不至於人以爲驕矣；欲自免於侈者，必儉以自律，視其身如寒素樣子，雖吾之祿已富而一念節用，吾之財已足而泊然清約，常以由奢入儉難、由儉入奢易爲戒，又以堂高數仞、榱題數尺、食前方丈、侍妾數百人、般樂飲酒、驅騁田獵、後車千乘，得志不爲爲心，而慄慄焉惟恐其或近於侈，然後庶不至於人以爲侈矣。

且既不驕矣，又必以「知人以明，應事以中」爲要義；既不侈矣，又必以「積而能散，施而不吝」爲常道，然後是眞不驕、不侈也。若但以象恭爲不驕，則是非禮之禮也；但以慳嗇爲不侈，則是守錢之虜也。奚貴乎哉？

一。夫子曰：「放於利而行多怨。」古語曰：「富者衆之怨也。」

夫富者放於利者，而財之所匯也。貿遷焉必於是，乞貸焉必於是，有急則奔告，有利則與議。故人皆欲納交而獻忠，其諂媚也，甚於貴人；其承奉也，加於權門，謂之"衆之附"則可，謂之"衆之怨"何哉？

蓋富者，本人之所猜妬忌嫉者也。吾嘗觀世情，有人一名爲富，則無怨於己，而公然憎之；無失於事，而惟欲毀之。當面則諂事，而背立則視若仇敵；有急則乞憐，而言論則待以盜攘。凡駔儈市井之事、鄙吝庸惡之目，一竝歸之，若聞其錢穀之失敗，則有不欣然稱快者乎？又有能賺誘而欺奪，則有不許以英雄者乎？

苟究其故，俗固薄矣，富亦惡得無罪？故曰："爲富不仁。"蓋爲富者，不顧仁義，并心於斂益，其志只向利邊走作，已不可責之以廉介等字。而況人之意欲無限，既富矣，猶以爲不慊。晝夜所經營者，有錢則"何以善息而無失"，有穀則"何以善蓄而待時"，營田土則"何以極吾之所欲"，見器用則"何以廉價而賺取"。

欲息錢而無失，則其與之也，必於萬無一慮；其斂之也，必萬方。若是則其與、其斂，能無怨乎？欲蓄穀而待時，則其蓄之也、其出之也，必行人所不忍之事，能無怨乎？欲極其欲於田土、器用，則其行所欲也，必有幸人不幸、行人不行之舉，能無怨乎？其乘時而射利也，欲利於己，必害於人，能無怨乎？其藏聚而固守也，欲厚於己，必薄於人，能無怨乎？惜一盃如嘔其血，慳一錢如剝其膚，能無怨乎？

其所行，則無非不近人情之事，而甚或至於悖義傷倫；其所交，則悉是市井無賴之類，而甚或至於藏蹤秘迹，儱鄙乖戾，迷不知改，亦可哀也。

苟能可取則取之，而必以其道；可施則施之，而快去其吝，知麥舟之爲義，念焚券之爲美。悟財數之有限，而常存止足之意；戒多財之益過，而每思能散之訓。毋使我重於財而輕於義，毋使人謂以忍而議其薄。無驕、無侈，好仁、好禮，則豈衆怨之至是耶？然此可爲爲仁者言，難爲爲富者道。凡視此者欲安處乎？

一。福極不言貴賤者，以外物也，且恐人不安分也。而立身揚名，以顯其親，亦孝也；移孝事君，能致其身，是忠也。是故士以幼學壯行爲志，自釋褐以至於公卿，必各隨其位而修其職分。

雖或有爲貧而仕者，抱關、擊柝，無非效力之地；委吏、乘田，皆是盡心之處。觀於"辭富居貧、辭尊居卑"之訓，可見其用心之不苟也。若夫德行、勳業之著於一時、垂於後世者，雖非人人之所可能，而苟能勤謹精白，則亦可以無忝於先、爲法於後，非直爲榮其身、大其門、富其財而已也。

吾見世之人，纔免襁褓，其父兄便教誘以登科之榮、從仕之樂，其歆艷、躁競之心，與年俱長。及其稍長則便期以弱冠前決得大小科，當科則必欲一舉而如拾芥，始仕則又欲一蹴而到卿相。其行關節於科宦也，昏夜奔走，如醉如狂，為己則旁蹊曲逕，靡不鑽刺；忌人則暗誣顯詆，惟事擠陷。於科於仕，惟其所欲，必得乃已。

以言乎各司，則不思盡職，惟欲避事，輪番則鮮肯如期，公故則無不容謀。計仕日而所暗畫者，奪人而先人也；鑽銓家而所潛圖者，速遷而速化也。甚至於符同下隸，恣行不法，憑公營私，專計利己。如此而百隸安得不叢脞，而利與權安得不歸於吏胥之手乎？

以言乎守令，則罔念分憂，只圖肥己。行掊克之政，則刮地皮猶謂不足；開賂遺之門，則充谿壑惟恐不及；賣鄉嚳任，則官屬長，事遞易；翻弄那移，則穀簿幾盡虛錄。不法之事，巧作名色，無前之例，自謂妙方。人之無告，則酷虐無所不至；勢有所壓，則枉誤有所不恤。聽訟則以延拖不決為主，當事則以牢籠捱過為規。曾未數年，已能排布得大宅、良田，一經外邑，奄作富家翁。能如是者，人以為"有才能，可任事"，而陞雄州、超顯職，不然則銓家置之於棄物，一世笑之為庸愚。故凡為文武舉業者，皆以作宰為準的，三司清職，便作餘事。

而又喜由蔭路至，不願科。蓋無勢之文官，類多終身不得為宰，或有幸一為之，而亦不得屢典。蔭則苟非枳斥，無不得之，稍有徑路，輒轉移、陞差，多有長在外邑者，蓋凡外邑，率皆蔭窠故也。以故文、武、蔭三色，日夜奔競，一有窠闕，無不翹首跂足，互相猜妬，其風習之駭愕極矣。古則內重而外輕，今則外重而內輕，升銀臺入玉署者，雖以富厚名，苟有其親，輒先乞郡。

其上疏也，必曰：「計拙謀生，供乏朝夕。」該曹之稟處也，亦必曰：「某也家貧親老，菽水難繼之狀，通朝之所共知。」人皆笑之曰：「某也之貧，非所聞也。往年爲某雄州，前年爲某腴邑，雖日用三牲，猶不難矣，而又爲此。其富益富則好矣，盍與之飢欲死之人乎？」以此言之，舉一世膏肓之疾，蓋無非和嶠之癖所祟，而無有脫於膠漆盆中矣。其於國事何？於世道何？於生民何？

以言乎方伯，則觀風、察俗，已矣無望；厲民、封己，便成一套。虐煢獨則不遺餘力，畏高明則惟恐或後。下車而吏報失珠，聽訟而人思伐棠。春秋巡歷，則治道、供饌，衆民愁怨，只充偏裨輩囊橐；冬夏殿最，則雪嶺、墨池，毁譽顚倒，每取傍觀者笑罵。

語其事業，不過乎出則乘雙轎、建節鉞，前有捧旗挺棍，隨呵導而生風，後有十百從騎，騁駬蹄而揚塵，行路辟易，列邑迎候；入則涼臺、燠室，錦帳、綺疏，歌娥、舞姬，列侍左右，急管、繁絃，迭奏朝夕，方丈妙饌，窮水陸之珍，萬端誅求，罄州縣之財，與親密守令，倚醉談諧而已。其於承流宣化之責，不知爲何許物事，可勝痛哉？昔人有譏監司之詩曰：「燭淚落時民淚落，歌聲高處怨聲高。」其辭可謂深切矣。

以言乎臺閣，則面折廷爭，固不可復見於後世，而言論風采，亦未有髣髴於是任者。以之勉君德，則只掇古人陳腐之言而約略說去；以之論時政，則又宛轉摸稜，惟恐或觸於忌諱、或犯於貴勢；以之論人，則避豺狼而問狐狸，遺狐狸而驅雀鼠；又或至於得腐鼠而嚇鵷雛，爭雞鶩而戰蠻觸。有預度時勢以圖樹立之功者，有陰受咳嗽以冀酬報之效者，有陽托公議而陰樹黨與者，有外示摘發而內售忮克者，有因其傾而覆之者，有恐其起而推之者，隱情慝態，有萬不一。

不然則以巧避爲能而日事違牌，以遞解爲期而輒稱在外。方其未通清也，萬端圖囑；及其已入臺也，百計謀避。以故朝象日歸於渙散，世道漸底於委靡。朝廷所以置言官寄耳目者，豈端使然乎？

以言乎玉堂，則雖不辨菽麥，不分魚魯，行若狗彘，苟是名祖之裔、閥閱之家，則南床、東壁，視作自己之物。雖不及於此者，苟非國子、芸閣，皆窺覦於館選。或見漏則又奔走於堂錄，朝廷授之不疑，世人恬不爲怪。自非稍有操守與墻壁無依者，莫不惟意攬占，揚揚自得，前負銀牌，後擁雲從，行呼唱於道路，視天下莫己若。而筵席橫經之列，論思顧問之地，醜拙百露，令人掩耳。此顧辟疆所謂"不足齒之偅"者也。自識者觀之，果以爲"人稱其職，用當其才，而不負啓沃之責"乎？抑將以爲"玉署清銜，專尚地閥，聊以備故事而侈恩榮，不害爲盛世賁飾太平之具"耶？

以言乎御史，則其職卽古所謂"直指使"者，其任乃問人疾苦，廉吏善惡。不畏彊禦，無憚大吏，能不辱王命也，非使之若潘孟陽者流而已也。

蓋生民之本，在於守令；守令之本，在於監司。而朝廷猶以爲不足，乃另擇年少有地望、有風稜者，倣古衣繡、持斧之制，使之潛行遐外，以行廉探。自監司以下，至于守令、察訪，無不貶褒，苟有不法，或封庫，或書啓，以施其罰。其有孝、烈、忠、義則崇奬之，反是者罪之，有寃枉則平理之，有豪强則搏擊之，有讀書、修行則登聞之，雖非本道，苟在沿路，亦許按察。晉武所謂"俾朕昭鑑幽遠，若親行"者是也，其爲任甚重且大。

而今之所謂御史，不訪求民隱而惟事侵虐，不糾擧姦貪而徒誇遊覽，於監司則未有彈劾，於守令則吐剛茹柔。其所謂廉探，或偏聽、或見賣，皆爽侔失眞，有勢者得意而相賀，無告者忍氣而見逐。或有所懲治，則反掩護眞箇悖倫與武斷者；或有所薦拔，則反廢置眞箇操行與抱才者，徒欲詑榮耀於鄉曲之人，張威風於出道之際。而及其竣也，聽輿人之誦，則咸怨咨不平，向所謂"另擇使之"之意，果安在哉？

蓋無論守令、監司、御史，其溺職、負國，莫不由一私字爲祟。以一私字，釀出請囑、賂遺、顔情等諸般病敗，賂囑行則事無公平，顔情勝則害歸疏弱，而驕負自大之心、偸惰任便之習，又從而乘之。故嚼大臠者寥寥，而蹴籩篒者滔滔。昔王溫舒，無勢家視之如奴，有勢者有姦如山弗犯，江東之政，媚煦豪强，時有行法，輒施寒劣，政今日之謂也。

以言乎試官，則國家所以必出三試官、四試官、五試官、七試官於京·鄉、大·小之科者，蓋欲竝觀公考，無差於黜陟，無失於人才。而今則各以盈囊之暗標，彼此互市，盡其所欲，小不如意，自相爭鬨，畢竟全榜幾盡爲諸試官行私之窠。堂堂國試，便作賈豎分利之場，反不如一試官專行其意之猶有餘地，豈非駭愕之甚者乎？

蓋其考券也，精神所在、眼睛所注，只是尋覓暗標而已，雖稍有文識者，心無二用，固不能辨別於其文，況無文眼者乎？以故榜出之後，則謗議喧然以爲"某是某之姻親、知舊也，某是某之請囑也，某是某子姪之同接也，某是入錢幾許者也，某是誤中副車者也"，千奇百怪，不勝紛紛。前科既然，後科益甚，雖能於文者，或不免終身渡灞，此足以積冤而干和。然則"考試行私，殃及子孫"之語，信非虛矣。

至若京之升庠、鄉之公都會，或直使書納首句，或公肆坼名書等，分排多寡於色目之中，稱量輕重於勢力之際，非考其文也。乃欲因此而書出意中之榜也，真所謂"使人大慙"。苟有人心，靦然面目，豈容若是沒廉恥、無忌憚哉？蓋後世科舉之法，雖不可責之以古之考道藝，興賢能，出使長之，入使治之之制；又不可擬之於策舉賢良、方正、能直言、極諫者之世。而其名則大比也，其事則觀國之光也，彼歌《鹿鳴》而與計偕者，苟其所蘊抱之不足以去民歖，就吏祿，則亦何可濫竽，而乃因試官之行私，無論才不才，只就意中人擢之？而強名之曰科舉，以賺天下之人，古今天下，安有如許取人之法乎？

若然則名不必糊也，紙不必文也，只書姓名以呈而進退之可也。何苦設場出題，朱筆點抹，以爲虛影也？掩耳偸鈴，遮眼以鎌，未足喻其可笑也。然而疏逖之蹤，非不知其必無幸，而猶懷萬一之望，贏糧跋涉，不計勞費，以至敗家亡身者多。而綺紈子弟，安坐而取科第，如摘頷髭；平步而上公卿，如躡樓梯，良可歎已。

客有嘗爲余言科舉之不誠，而曰："吾有一策可以有其名而無其弊，便於私而補於公。"曰："何？"曰："今買監試試紙以百錢，大科試紙以五十錢，此固爲士者身役，焉敢辭乎？今若使擧子，各以其數貫於索，以片紙書姓名，繫於錢索呈之，視其姓名擢之。而若欲任其命數，則使場軍平鋪廣庭，以長竿鉤，鉤而取之，若古之藏鉤中鬮之戲，錢則悉付之度支經用。則擧子無買紙製寫之勞，試官無尋覓敲推之苦，各司無應辦支待之弊，而國用則錢勝於紙，豈不俱便乎？"

余曰："未若吾之策。吾則以爲取凡科制悉革罷之，然後人各安分而百弊自去矣。何必若是紛紛爲新法乎？"

客曰："居今之世，無變今之制，而處試官之位，欲無若今之人，則將奈何？"曰："爲參、副則決不當執筆參涉，爲主試則必不容一毫私意。如是而得罪，亦俯仰無愧矣，然初不當此任爲上。"仍相與一噱，於此亦可見今日科弊之已痼而莫可捄藥也。

以言乎銓官，則古所謂"天官冢宰，掌邦治，統百官，均四海"者，而世所稱"人物之權衡"也。漢、晉以來，若左雄、山濤者，固不可多得，而李下無蹊之號，展履亦得之稱，亦間有其人。蓋古則猶有自立己志、不染流俗者，而今則裴光庭之聖書，猶爲高品，而元暉之市曹，滔滔皆是，門調戶選之語，黃犬補狐之譏，崔烈之銅臭，高居之喝賊，令人掩鼻。

彼西銓亦古所謂"司馬掌邦政，統六師，平邦國"者，而世所稱"握韜鈐進退之權"者也，而其淆亂尤甚。蓋無論東、西銓，初無爲國奉公、爲官擇人底意思，只就其族戚、姻親、知舊及貴勢所囑、親切所囑、與錢財所在，從其緊歇，以次擬差，上自崇品要任，下至微官末職，莫不從一片私意中出來。故都政、散政，常患窘窄，何暇念及於所不見、所不知之人乎？又何暇念及於冤屈沈滯、無故作枝頭乾者乎？又何暇念及於有抱負、有操守可試用者乎？

俗語皆以爲"未有無心安坐而公然得官者，得官而自以爲意外者皆詐也"，此說誠非過也。然則雅正自守，不肯爲呈面御史、東郭墦間者，何由而進於朝乎？是故其所用者，如非貪虐不法，乃是罷軟不勝者也。如此而民生安得不日益困瘁，國事安得不日益頹壞乎？

其餘掌禮之官，則其所舉行，不過依例修故事而已，如此則一吏足矣。所謂"大宗伯"者，何爲而設也？厥或有犯倫悖義，天屬未定，可以稟處者，其不可一刻遲延也明矣。而乃反回互推托，不卽決折，前後相襲，有若閒漫之詞訟，使民彝斁絕，風俗乖亂，於己雖曰不關，在國實非細故。

司寇之職，則未有詰邦國、糾萬民之美，而白雲丹筆，高下隨意，孤惸橫罹，强豪漏網，甚至於縱吏恣行，閭巷騷擾。賂囑相屬，訟案謬戾，前官所決而忽反之，京兆所移而乃翻之，所謂"前官"與"京兆"，莫不皆然。故一有訴訟，則無論曲直，皆覓蹊鑽逕，惟以請囑、賂遺爲事。及其立落，無不在於請囑、賂遺之有無、多少，而訟理曲直，則送之華子乾坤，寧不痛哉？

噫。凝豐貂、聳高蟬，非以榮其身而已；再司徒、三太尉，非以寵其門而已。而乃自以爲"丈夫之能事畢"矣，恩不報於涓埃，罪反速於丘山。是由人材之日下而然耶？抑由習俗之漸染而然耶？

以言乎大官，則輔相之責蓋重矣。其任則百官之率，萬民之表；其位則台階、鼎足，三槐、九棘。入則坐廟堂而訏謨籌畫，出則行呼唱於內庭外衛。是故將卜之也，金甌之案，琉璃之瓶，焚香祝天，有非等閒除拜之比。旣命之也，禮絶百僚，言聽、諫行，膏澤下於民，勳業垂於後，可不難愼乎？

苟得其人，則垂紳、正笏，不動聲色，而鎮定乎震撼、擊撞，調齊乎辛甘、燥濕，解紓乎槃錯棼結，茹納乎黯闇污濁，玉燭金膏之治，可以躋一世於春臺壽域之上；苟非其人，則玉盌狗矢之譏，蘇合蜣蜋之喩，自古有之。蓋其責之也重，故其居之也難，有如是矣。

至于叔季，則論道經邦、燮理陰陽等語，已作先天事，而伴食、充位，便作自期，簿書期會，惟事彌縫。古則入告于后者，嘉謨·嘉猷；今則只是黨同伐異。古則日以奏聞者，水旱、盜賊；今則不過諂諛迎合。古則心如秤，不能爲人輕重，而使人勤攻闕失；今則曰未就予忌，姑將以爲親，而靑白形眸，蜜劍售意。古則民曰"樂哉"，士曰"時哉"，至衛士以手加額；今則赫赫具瞻，心違怨而口詛祝，庶人謗於道，商旅議於市。

方且揚揚政堂，日夜所隱度者，只是樹我黨、張我軍，媚人技、違人彥，與夫患失乾沒持祿保位之計而已。此司馬公所謂"盜君之祿，以立私黨，上侮其君，下蠹其民"者也。如此則將焉用彼相，而國安得爲國？使賈誼言之，當不啻痛哭、流涕、長太息也。

凡此十數條列，雖事件各殊，而其爲背公行私，惟利是趨，則一也。今略著之以爲戒，苟有能堅持已志，自拔於流俗：當官則盡心修職，無任則斂迹守靜。毋萌利欲念，毋使關節到。毋說人過以招怨，毋觸時諱以取禍。毋自主張於每事，毋知其不可而猶爲之。毋懷於惠而曰"行一不義"，毋徇於人而曰"非我本心"。毋養惰以自便，毋乘快以自放。毋自大或近於驕，毋有濫或漸於侈。毋因激而爲乖於理之言，毋以怒而爲損於體之舉。毋好名而不安分，毋高談而不着實。毋隨人而論時政，毋聽言而不察理。毋好出入，毋赴會集。毋好上疏，毋避公故。毋與不雅人親密，毋與不誠人計議。凡有一言一動，必揆之義理，律以聖賢，不容一毫私意，則庶乎可矣，庶乎免矣。嗚呼！其念于茲，若有疾，其畢棄咎；若有穢，惟恐或近。時乃身泰而心安，若夫外物，有義有命。

或又謂余曰："子之所論列，上下乎貧富、窮達，反復乎公私、利害，切中時俗之病，要作針砭之資，豈獨子之後世奉承遵守以爲家禁哉？實一世之所宜惕然警勅者也。然而子於貧窮，備嘗之矣。亦嘗仕而立于朝矣。其能一一踐履，無愧於屋漏乎？萬一有'夫子未出於正'之言則奈何？"

曰：吾言行無素，不能見孚於人，真所謂“無名氏”也。然君子不以人廢言，使其言不乖於理，則豈可以人而廢之乎？子疑吾言之徒言也，則請略舉吾平生以質之。

吾雖無狀，汙不至跖行而夷言。吾性拙而狷，拙故一念畏慎，狷故有所不爲。羸弱善病，故不敢爲傷生之事；家世素貧，故自安於見聞之熟。知善惡之分，故好善而嫉惡；知義利之別，故舍利而取義。受教於家庭，未嘗出外交遊，故能不染於俗習；潛心於文學，未嘗遊意幹辦，故能不移於外誘。以靜寂爲勝於紛擾，故好閉門而讀書；以惰遊爲不如勤勵，故未嘗無所猷爲。

自在童幼，知雜戲之無益也，故未嘗爲紙鳶、秋千、博奕、賭釀、換易、賺奪及昵謔、爭罵之事；知酒之喪德也，故絶不飲，至三十後爲行氣，始進一杯而不敢加。家貧親老，而顧不能嗣股肱，純其藝黍稷，又不能肇牽車牛，遠服賈以爲養，乃學爲功令業而屢舉不中，亦未嘗隨人爲課工，結人赴場屋，只兄弟相携而行。

及罹風樹之痛，年且老、家益貧，寄食於泮宮虀鹽，五十後倖竊一第，數年而乃霑寸祿。知科宦之有命也，故一任於天，未嘗爲干謁、囑托之計；知有權勢者之不可親也，故非公事，未嘗至於其室。知祿不可虛受也，故或爲郎署諸職，有職責則必思盡心，有公故則必思先人，不敢爲占便謀避之習。

及入臺選，自知乏諫爭姿，銓家亦知其不合於清朝耳目之任，故一再除後，遂不使與於言責，以故曾無一疏一

啓，其庸陋無用，卽此可知。惟其自知也明，故雖值求言之
時，亦不敢爲應旨之擧。蓋其識見、經綸，初不足裨補萬
一，則必無採用之實，然而猶爲之，非徒不誠，又近誇衒故
也。

且吾觀近來一有疏章，則人輒曰："此是誰所使也，渠
安能獨爲此乎？"此雖由於受嗾成風，人鮮能免。而以事理
言之，琅函叫閽者，皆受人指使，則其言能爲公言，而其世
爲何如世也？如此則今雖出於我心，成於我手，亦何以辨
白於人人，又何以見孚於君上乎？然則其疏雖曰名言，其
言雖曰"得行"，亦不光鮮矣，初不如不爲之爲愈也。

其於外任，則作宰三四朔，督郵一周年而已，而惟謹於
奉公，勤於爲民，不饒於强梗，不撓於請囑。廩料之外，雖
一錢未嘗萌諸心；公事之外，雖一步未嘗遊於他。吏屬之濫
取於民者，必責而還之；訟理之有違於直者，必正而退之。
事有關於風化、紀綱者，必樹立之；人有犯於賂遺、鑽刺
者，必罪斥之。然而一以狀罷，一以貶逐，所謂"焉往而不三
黜"者也。

至於實錄編修之役，則以先王終事之地也，故三年奔
走，殆無虛日，不敢效他人之爲；通禮之任，則知陳力就
列，不能者止，故三四次陪導之後，便卽呈遞。其外若差祭
之時，則銓家知吾未嘗規避，故輒必塡差，而雖遠地亦不辭
窮寠艱辛；設科之時，則擬進試望者，又知吾不足與於文
試，故每擬武所，而雖徒行亦不憚逐日往來。此是吾從仕之
前後事實，而今老且病，世亦棄之，惟靜坐忍飢耳。

若其平生所執：則知色厲內荏之譬諸穿窬，故以外柔內剛爲持身之符；知謀己擠人之必非吉人，故以退人一步爲應物之要。不以財利得失爲念，故未嘗與人爭競；不以拍肩、執袂爲喜，故未嘗與人諧謔。知名之爲外物也，故不敢爲好名而求人之知；知隱之莫見微之莫顯也，故不敢爲欺心而掩之於外。知驕之爲必亡之凶德也，故不敢懷自大之心；知侈之爲莫大之禍祟也，故不敢違寧儉之訓。知譖己誣人之卒至破綻也，故固守不妄言之戒；知因風傳聞之竟歸訛誕也，故不信無據驗之說。知患必生於窮濫，故不敢爲世俗一切不安分之事；知鄙莫甚於躁進，故不敢爲世俗一切乞昏夜之舉。知言之可戒，故自以爲愼於樞機；知人之可畏，故自以爲謹於接待。而每不免於悔恨，此則學力之未至也。

雖甚貧，未嘗向人說艱難；雖甚緊，未嘗向人作求乞語。知吾之拙訥寡諧，人皆不數之，故未嘗出門尋訪；知飲食之必有訟，故未嘗赴宴集。受人之托，雖一札必卽施之，未施則如癢未搔；負人之債，雖一錢必速償之，未償則如疾未醫。借人之物，雖一芥必急還而無至損失；聞人之善，雖微事必歎慕而思齊；聞人之過，雖細失必羞惡而內省。知開卷之有益也，故不敢以目昏而廢之；知淸心之最好也，故不敢以世故而亂之。知貧富、貴賤之有定命，故安之而無趨避之意；知死生、壽夭之有定命，故修身以俟而不貳。

但內剛太過，雖不欲恩讐分明，而亦存匿怨友之恥；雖不欲揚人之惡，而亦有如探湯之心。故頃年洋學之汎濫也，有地處才華者率多染污，而一聞其被人指目，則雖平日相親之間，輒絕之。其於對應製策及詩文之類，辨闢之不遺餘力，而亦未嘗立標榜以取名。

吾之平生大概，亦如斯而已，寧有過人之行與才，而以之垂訓於家庭，則亦庶乎不至於心怍而面騂矣。苟能壹遵此規模，無犯乎斯禁，則亦不失爲拙修之士矣，豈羨夫高大門闥之客哉？

曰："子所數之者，雖使當之者自解，亦無辭矣。然而今之守令，雖曰'貪虐成風'，豈必盡然？況御史是何等人，何等職也？其廉探之爽實，容有之矣，恐不宜輒加以侵虐、賂囑之目，得無傷於忠厚之風乎？"

曰：子之言誠長者，然吾亦非欲甚言之也。但所以爲此者，將以懲創後人之逸志，故不得不極言，以披露其情狀耳。然而此亦有未盡言之者，雖以近年以來見於朝紙者觀之，守令、御史之饕墨、殘酷，至不忍見。而或因人言抵罪，或有勢而有薄勘幸免者，或有畏其勢而全不摘發者，此小人之所以徼倖，而王法之所以不行也。

今以一二入聞而無差爽者言之。一人爲守令，諷下吏論面任曰："爾等各納百緡，則當任汝所爲於民間。"於是面任輩，橫行侵漁，無復顧憚，其後仍成規例，後來者因之，以其利於己也，而他邑效之者漸多。又一人專委下吏，政令無常，有過去遊女能聲者輒納之，民間女子，亦使其傔人賺騙而奪之，有所憑藉，則輒以錢幾許，布之民而斂之，其貪淫不法如此。

至於御史，則多率從人，到處覓賂，或有不得，則必繫治之，雖死囚，多納銀錢，則輒放釋之。守令雖罪當封庫，納賂則闔眼；雖善治者，無賂則不免大何。有富者則必以"得罪名敎"、"汚亂風化"及"豪强武斷"等題目逮治之，得賄而後乃釋之。

一御史適有兩邑爭舟路大訟，而一邊人先納錢物則右之，又一邊人納錢益多，則乃翻而右之，兼取而俱收，盡以馱輸於家。民間騷擾，雞犬不寧；驛路旁午，人馬疲頓，此乃賤丈夫登龍斷，左右罔利之術也。其所爲如此，豈不辱君命而羞朝廷乎？然則其獨不免發露而喧藉者，亦可謂冤矣。吾每聞如許消息，輒駭然不樂。

人曰："此是偶然入耳者，何足爲異？今守令皆一套，御史皆一套，方伯皆一套，便成例規。不爾則爲固滯、爲庸劣，反取辱命、貽羞之罪。蓋以有勢者不得售所欲也。凡今之人，惟錢而已，他尚何論？"此言可爲哀痛。

噫！此輩粤自乃祖、乃父曁厥身，罔不在化育中，享厚祿、領好官，秋毫皆國恩也。乃大不克念，乘一時之勢，以剝民自肥，獨使至尊憂，是可忍也？雖我朝寬大，不聞有烹阿之律，獨不愧於心乎？獨不畏於天下後世之公議乎？然則子雖欲忠厚，有不可得，第可以爲戒也已矣。

余旣爲此，又總而言之：無論貧富、窮達，許多般病敗，皆從不學無識中出來。不學故無識，無識故不明義理，只從利欲邊走去，而不知求利未得害已隨之也。世蓋有能文、談義理而無所不爲者，此所謂小有才而未聞道，口誦孔、孟而心學跖、蹻者也。其所謂能文，却爲助桀之具，反不如不文者之猶有所畏憚、縮朒也，豈可謂有識乎？苟能有文學而有見識，則決不至於不分義利、不擇利害，而甘自歸於雜亂之流矣。

　　裴晉公曰：“吾輩但可令文種無絕。然其間有成功，能致身卿相則天也。”葉石林曰：“後人但令不斷書種，爲鄉黨善人足矣。若夫成否，則天也。”黄山谷曰：“四民皆有世業，士大夫子弟，能知忠、信、孝、友，斯可矣。但不可令讀書種子斷絕。”蓋士大夫家，以文學從事，不至於無知妄作者，以其有所傳受也。若一絕則不可復續矣，是故古語云“孔子家兒不識罵，曾子家兒不識鬭”，此自然之理勢也。吾願：吾以是傳之子，子以是傳之孫，孫以是傳之曾孫，傳之傳之，子效其父，弟學其兄，無使吾言爲將死人之譫讝而爲他人笑話，斯可以暝目矣。

論命

夫子罕言命，而得之不得曰“有命”，觀此則聖人之意，概可知已。孟子曰：“口之於味也，目之於色也，耳之於聲也，鼻之於臭也，四肢之於安佚也，性也有命焉，君子不謂性也。”又曰：“求之有道，得之有命，是求無益於得也，求在外者也。”此言何謂也？

蓋莫之爲而爲者，天也；莫之致而至者，命也。人之生也，皆禀於天，故莫不各有其命，特人不自知之耳，自死·生、壽夭、貧富、貴賤，以至於一事一爲之通塞、若違，皆有命焉。而俗謂之數，數即命也。人亦孰不知有命有數，而汨於利欲，昧於事理，不復知是求之無益，認以爲固有之性，謂"天下事可以智求力營"，擾擾焉無所不爲。直到得窮竟時節，始乃曰"命也"，何其惑也？

惟聖賢知之也故安之，無入而不自得，此《困》之所以致命遂志，而《否》之所以有命離祉也。《詩》曰："寔命不同。"《書》曰："天命弗僭。"達命者知此，而行險徼幸者不知此。此夫子所以斷之曰："不知命，無以爲君子。"而雖以賜之賢，猶以其貨殖，謂之不受命者也。是故孟子以行使止尼，亦謂之"非人所能，天也"，況大於此者乎？

雖然，不曰"君子行法以俟命"乎？又不曰"夭壽不貳，脩身以俟之，所以立命"乎？不但曰俟命而必曰行法，不但曰"不貳"而必曰"脩身"。然則君子之知命，而又必行吾所當行、脩吾所當脩，以俟所謂命，斷可識矣。

昌黎子曰："由我者吾，不我者天。"苟或信其不我者，而不修由我者，則巖墻桎梏，皆可謂之"命"也。故曰："莫非命也，順受其正。"正也者，正命也。人能爲其所當爲，則吉凶禍福，無非正命，此所謂"居易以俟命"也。

李泌有言曰："君相所以造命，不可言命。"此以其執造化之權，恐其專委於命，而或忽於財成輔相之道也，於此尤可見知命者之必爲其所當爲而已。世之人不知命，不脩身行法，乃反以不副其所願欲，怨天尤命，天曷故焉？

余觀古今已迹，有以知命之在於天，而福善禍淫之理，則終有不可得而掩者矣。夫顔之夭，跖之壽，夷齊之餓，淫人之富，乃所謂不可必者。而朱子曰："使文王死於羑里，孔子死於桓魋，却是正命。"先儒曰："死雖均是命，但盡道而無憾者爲正，比干雖殺身正也，盗跖雖永年非正也。"命之說，至此而無餘蘊矣。

且以"民到于今稱之"與"死之日民無得而稱焉"，觀之，孰壽？孰夭？孰富？孰貧？孰貴？孰賤？以正理言之，善者未有不福，淫者未有不禍，或有遠驗於身後者，或有直受於生前者，如有操賞罰之判，立於其左右，不差毫釐，此則所謂無不自己求之者，而不可諉之於命也；以莽茫泂泬者而言之，厥或有爲善之同而禍福懸殊，爲惡之均而吉凶逈別，富貴之極，若可以無所不爲，而亦有品節限制，貧賤之甚，宜若死亡無遺，而亦有偶合湊巧，此則時有幸不幸，而物有齊不齊也；以顚倒蹠盭者而言之，或有厥罪惟均而死生、榮辱之不同，所犯無異而罹脫輕重之忒差，或有直言極諫觸犯不諱於無道之世者，必死無幸而反被優禮，雖置罪亦從輕，或有言不甚鯁而小有違忤於平明之朝者，輒罹刑戮，至有追悔者。

或有多行不義、傷人害物而享福祿者，或有畏愼自守、行仁由義而多㦸殃者。或爲國捍難，降逃者旌褒，而烈殉者反湮沒；或爲人謀事，欺詐者信任，而忠謹者反疏斥。有遭誣讒，而或伸、或不伸；有作仇怨，而或報、或不報。均是進言，而有採納、有斥譴；壹是樹功，而有崇獎、有捐棄。勞者屈而逸者揚，忠者疑而奸者售。計議之際，疏漏者成而巧密者敗；交契之間，切偲者疏而陰忮者親。緝翩膏拭，黳鄙機變者，世反重之；端雅謹飭，誠信狷介者，人反劣之。是可不謂之“命”乎？

雖以今人之科宦得失言之，其奔競鑽刺而竟副所欲者，或謂“人爲之奪造勝天”，而要其歸則亦皆命也。或有密蹊暗逕，萬全無疑，試官政官，必欲收之，而巧違橫跌於意慮之外者；或有無味呈券，初不待榜，迹掃銓家，望絕政目，而誤中偶擬，使人驚怪者，庸詎非命耶？

然而吾嘗驗之於科儒，苟或有刻苦用工，能爲人所不能者，則亦無不得焉，吾所識者數三人。其容貌則寢陋，其文筆則黳拙，無足以決科。而讀做程課，不暫停輟，雖有故亦無虛日，人或笑其空自勞苦，而竟中小大科目。又嘗見富豪之子、卿相之家，以驕侈遊蕩而一朝成破落戶。

此皆雖未知其命之如何？而勤苦必得、放惰必失之理，亦不可誣，其不可自己求禍以待命之自至也，明矣。然則所不可知者，命也，是在天；所當爲者，修身、行法也，是在我。在天者固不可奈何，在我者可不俛焉日有孳孳乎？

論講學

自庖犧氏始畫八卦，人文漸開，聖神繼作，正德、利用、厚生，以垂教萬世。蓋嘗論聖學之所由來：則堯始以"中"之一字命舜，舜復以"人心、道心，精一、允執"命禹，以"五品不遜，敬敷五教"命契，皋陶又以"天敘五典，天秩五禮"陳謨；而《中庸》以五倫爲天下之達道。禹言九功，《易》言四德，而箕子陳洪範九疇，言五行三德。

湯始言性，而《易·繫》言"繼之者善，成之者性"，又言"成性存存，道義之門"。子思言性、道、教，孟子言性善，又言仁、義、禮、智而信在其中，是爲五常。又有四端之說，《禮運》有七情之名。

《堯典》始言德，《禹謨》始言道，而皋陶言九德，伊尹言德、言道，又言敬、仁、誠。仲虺言德、中、義、禮，傅說言學，周、召言敬。而經書之訓，皆本於此。仲虺有德日新之誥，而湯以日新銘盤，伊尹以日新訓太甲，曾子言明明德、新民。《周禮》列六德、六行、六藝之目，而孔門有四科，《中庸》有三達德。《大學》言格致誠正脩齊治平，《中庸》言戒愼·恐懼、未發·已發、中和·位育、天道·人道，而學者之用工，聖人之能事皆備。

以言乎聖賢之書：則文王演《易》，而周公繫爻辭，孔子序《彖》、《象》、《繫辭》、《文言》、《說卦》、《序卦》、《雜卦》。程子作傳，朱子作本義而《易》道明。周公制禮作樂，爰有《周禮》、《儀禮》。

孔子作《春秋》，定天下之邪正，爲百王之大法，刪《詩》、《書》，定《禮》、《樂》，以詔後世，而其言行載於《孝經》、《論語》、《家語》。曾子作《大學》，子思作《中庸》，

《孟子》七篇，遏人欲存天理，而其事則尊王黜霸，闢楊、墨，明聖道，孔門雜記及周世遺文，載於二《戴》之記。

至於《二程全書》、《朱子大全》、《性理大全》、《近思錄》、《心經》等書，又有宋諸賢之粹語而文獻極備。朱子又註解諸經書，以發明聖賢之旨，由是而孝弟忠信爲人大本，禮義廉恥爲國四維，凡古今天下無窮之義理，無限之言說，咸折其衷而極其趣。

以言乎辨說之端：則孔子言性相近，而張子分言天地、氣質之性，程子言惡亦不可不謂之性，於是有性之說。《易繫》言“易有太極”，而周子作《太極圖說》，朱子有與陸象山辨難之書，於是有極之說。經禮三百，曲禮三千，因人之情，爲之節文，以爲民坊，而或曰可以義起，或曰失求諸野，乃至有聚訟、舞禮之譏，於是有禮之說。

《易·繫》言巽以行權，而孔、孟皆言權，程子言自漢以來，無人識權字。於是有權之說。《易·繫》言易簡而天下之理得，而夫子有川上之歎，《中庸》著鳶魚之察，孟子有心所同然之語，二程教人，不過居敬窮理，朱子言理一分殊。於是有理之說。《文言》有陽氣之語，《繫辭》有精氣之語，《說卦》有通氣之語，而孟子言浩然之氣，又言夜氣，擴前聖所未發，周、程言二氣感應，朱子言氣以成形，理亦賦焉。於是有氣之說。孟子破告、許之說，而程、朱排佛、老，於是有闢異端之說。

此學者之所童習白紛，究辨不置，而率多越轅燕軾，我日而月，卒至於齊、楚俱失，靡所底定，蓋亦難也已矣。夫群聖人，得之於心，行之於躬，發之於言，筆之於書，以遺天下後世者，既已深切著明矣。

至宋有若周、張、二程等諸賢出，皆有以立言講討，羽翼聖經。而朱子又孔子後集大成者也，直接洙泗之統，一洗漢儒之陋，沈潛反復，提綱挈要，大中至正，精密純粹。凡所以繼往聖開來學者，靡不用極。既爲之《集註》、《章句》，又有《或問》、《語類》，毫分縷析，地負海涵。其於天人、性命之微，涵養、省察之工，明體、適用之學，及聖經賢傳之微辭、奧旨，詳略相因，巨細畢舉，無不闡明發揮，曲暢旁通，更無餘蘊。

後之儒賢，雖千言萬語，充棟汗牛，而莫不祖述於是、敷衍於是，蓋至此而蔑以復加矣。後之學者，苟能因是而信如神明，潛心玩味。則雖或才有未逮，勞於究賾，而亦坦然明白，無一毫之可疑。眞所謂學聖之指南、入德之正門。而使詖行、邪說 無所逃其影容其喙於千百載之下。此愚所謂"朱子之功，不在孟子之下"者也。

夫何讀朱子之書者，非不曰遵朱子之旨，而或有尋摘乎字句之意義、指趣，疑難乎諸說之同異、得失，覓矛盾於東西，惹葛藤於彼此，節上生枝，輾轉紛紜。其於性、道、理、氣之說，未發、已發之訓，及凡先儒之所究覈講論者，必欲旁引曲證，聯紙累牘，是己非人，有若務勝。而至於經傳切己之訓、日用常行之道，則反似擔閣，是則愚昧之所不能曉者也。

蓋朱子之後，決無有發朱子所未發之蘊奧、解朱子所未解之文字者，而以後世之儒，方於諸先儒之博究詳論，則亦不能不風斯下矣。乃欲裂道分徒，入室操矛，遺本理末，誇多鬬靡，殆若較才辯、決雌雄者然。摠而論之，非拖泥帶水，則皆畫蛇添足也，若是不已，則幾何而不至於郢書燕說，差謬千之歸耶？

夫子曰："論篤是與，君子者乎？"孟子曰："不以文害辭，不以辭害志，以意逆志，是爲得之。"明道曰："著書則多言，多言則害道。"古聖賢之論蓋如此，豈無所以乎？愚則以爲"學者但當點檢身心，踐履實行，一遵四書、《小學》，而至於辨析論說之類，又當篤信朱子之言而潛玩詳究而已"。若是則可以爲孝子，可以爲忠臣，可以爲聖人，何必奔走查礦以爲名乎？

論致仕

謹按《內則》曰："四十始仕"，"七十致事。"《曲禮》曰："四十曰强，而仕"，"七十而致事。"《王制》曰："七十致政，惟衰爲喪。"

夫人之仕，不係於年尙矣。以四十以前而言，則羃子五歲爲禹佐，伯益五歲掌火，賈黃中七歲神童及第，李息八歲爲材官將軍，劉晏八歲爲秘書正字，楊億十一爲秘書正字，甘羅十二爲上卿，張童子十二登科，謝廉、趙建十二爲童子郎，李獻臣十二賜進士第，王尊十三爲獄吏，晏殊十三爲秘書正字, 宋綬十五入秘閣, 元稹十五擢明經, 錢希白十七擧進士, 賈誼十八被擧, 王拱辰、汪應辰十八大魁, 楊於陵十九登進士第, 陸遜二十一始仕, 王溥二十二魁及第, 三十二拜相, 蘇軾二十二登科, 鄧禹二十四爲司徒。周瑜二十四爲建威中郞將, 富弼二十八登第, 王僧綽二十九爲侍中, 摯瞻未三十已爲萬石, 王述三十被辟, 范宗尹三十一爲參政, 謝晦三十五刺宣州, 崔浞三十八執政。

以七十以後而言: 則若呂尙、王翦、公孫弘、貢禹、胡廣、馮唐、顏駟、張柬之、沈慶之、師丹、許丞、高允、趙憙、山濤、李粲、張錫、薛元超、陳傅良、梁灝、陳脩之屬, 又不可勝紀。

而聖人之必以四十爲始仕之年, 七十爲致仕之年者何哉? 蓋四十則學旣博, 才亦成, 非少壯輕銳之年, 乃出謀發慮之時, 而可以仕矣。七十以後, 則膂力旣愆, 餘年無幾, 曰“悼”、曰“耄”, 杖國杖朝之時, 而可以休矣。

自非貪戀乾沒、患得失馳名利之鄙夫, 則雖曰精神明透, 氣力彊健, 豈復爲仕進計哉? 是故限之以年, 著之於經, 以爲人臣守禮節、尙廉恥之大防。何嘗有四十前、七十後亦仕之訓哉?

夫子曰: “四十五十而無聞焉, 斯亦不足畏也已。”然則雖四十而無聞焉, 則未足以仕也。昌黎子曰: “七十永退,[30]

---

30 七十永退:《창려집(昌黎集)》에는 '七十求退'로 되어 있다. 저자가 의미를 강조하기 위해 글자를 바꾸어 쓴 듯하다.

人臣之常禮。" 然則七十不退，非人臣之常禮也。《易》曰：
"已事遄往。" 又曰："係遯有疾。" 苟或晉如鼫鼠，而困于金
車赤紱，如酌孔取而不念日昃歌嗟，則是豈聖經垂訓之義，
而亦可謂進退以禮乎？

　　余嘗考之於傳記，宜退而不退者，自古已然，則無惑乎
後世之滔滔也。鬻熊言于文王曰："臣逐麋則已老矣，坐策
問事，臣尚少也。" 楚丘謂孟嘗君曰："將使我追車而赴馬
乎？投石而超距乎？逐麋鹿而搏虎豹乎？吾已死矣，何暇
老矣？將使我出正辭而當諸侯乎？決嫌疑而定猶豫乎？吾
始壯矣，何老之有？" 魏傅永年踰八十，猶馳射奮矟，常諱
言老，自稱六十九。孫紹對魏帝曰："臣年雖老，臣節尚少。"
陶侃欲退，爲從事苦留，曰："老子婆娑，正坐諸君。" 何尚
之致仕，着鹿皮冠，復爲開府儀同，沈慶之曰："今日何不
着鹿皮冠？"王珪不退，人嘲之曰："獨坐中書不計年。"曾公
亮年高，猶在中書，臺諫無非之者，李復圭嘲之曰："老鳳
池邊蹲不去，飢烏臺上噤無聲。"歐陽永叔曰："萊公之禍，
不在杯酒，在老不知退。"此皆知進而不知退，或恃挾誇衒，
以圖進用；或貪冒蹲仍，以保祿位，白首紅塵，抵死不悔者
也。然而未有不取敗者。

　　廉頗一飯斗米、肉十斤，披甲上馬，以示可用，而困於
郭開，終不得召。李廣數自請擊凶奴，上以爲老不許，良久
乃許之，卒有東道失軍之罪。宣帝將討先零羌，老趙充國，
使丙吉問誰可將。曰："亡踰於老臣者矣。"卽馳至金城，圖
上方略，而後竟禍及於其子卬。馬援請擊五溪蠻，光武愍

其老不許. 援曰:"臣尙能披甲上馬." 帝令試之, 援據鞍顧
眄, 以示可用. 帝曰:"矍鑠哉是翁." 遂遣之, 果有壺頭之
厄. 李靖爲相, 以足疾就第. 吐谷渾寇邊, 卽往見房喬曰:
"吾雖老, 尙堪一行." 旣平其國, 而有高甑生之誣罔, 幾乎
不免. 太宗將伐遼, 謂曰:"高麗未服, 公亦有意乎?"曰:
"今疾雖衰, 陛下誠不棄, 病且瘳矣." 帝憫其老不許. 郭子
儀八十餘, 猶爲關內副元帥朔方河中節度而不求退, 竟爲
德宗冊罷. 此數人者皆人傑也, 猶以功名爲心, 不克知止
自斂. 而乃以西夕之年, 取笑來今, 況其下者乎?

　　昔伊尹之告太甲曰:"臣罔以寵利, 居成功." 周公之告
成王曰:"茲予其明農哉." 以其時言之, 伊尹、周公未可以
言去, 而其翻然告歸之意, 則未嘗一日忘于中. 聖人去就之
義, 雖非後人所敢仰望, 而亦豈非萬世所當取法者乎?

　　三代以降, 惟范蠡、張子房能知而行之, 卓乎其不可
及. 而諸葛武侯, 三代上人也, 雖未捷先死, 無晚節之可
考, 而觀其"躬耕南陽, 不求聞達"及"不長尺寸, 以負陛下"
之言, 則決知其北定中原, 還于舊都之後, 不待年至而必能
決退也. 胡文定之稱之以大丈夫者, 良以此也.

　　善乎田豫之言曰:"年過七十而居位, 譬猶鍾鳴漏盡而
夜行不休, 是罪人也." 知此義者, 蓋尠矣, 而亦未嘗無其
人. 若萬石君石奮, 以上大夫祿, 歸老于家. 疏廣以太子太
傅, 乞骸歸鄕里, 父子[31]相隨出關. 薛廣德懸安車, 傳子孫.

---

31 父子:疏廣과 疏受는 본래 숙질간이다.

王述上疏曰："臣曾祖昶曰：'宗世林少得好名，年老汲汲，恐見廢棄。天若假年，不爲此公婆娑之事。'乞奉先誡，歸老丘園。"魏舒朝罷徑還，奉送章綬。裴度陳表求退，治綠野堂，與劉、白吟詩把酒。退之有詩曰："園林容勝事，鍾鼓樂清時。"杜佑言"致仕後，着布衫，買小駟入市，看盤鈴傀儡，卽足矣"。司空圖隱中條山王官谷曰："量才一宜休，揣分二宜休，耄而聵三宜休。"作亭名休休。蕭俛旣老，舍濟源墅，優游窮年。

　　張齊賢致仕，得裴度午橋莊，與故舊乘小車，携觴遊釣。張鑄與侄詡致仕，杜衍有詩曰："清朝叔侄同辭祿，歸去田園盡列卿。"趙槩以太子少師，退居睢陽十五年，爲諫林。張士遜以太傅，請老還鄉，自號退傅。與趙槩、張具、陳堯佐、杜衍、富弼，皆以八十餘，遊宴賦詩。陳堯佐自誌其墓曰："年八十二不爲夭，卿相納祿不爲辱。"文彥博告老，五召對、三錫宴，遣中使遺詩祖道。趙抃以太子少保，退居溪石松竹之勝，與山僧野老游。蘇頌以太子少保致仕，周必大與其弟皆八十退休，詩酒相娛。孫奭致仕居鄆曰："樂天言'多少朱門鎖空宅，主人到老不曾歸'，今老夫歸矣。"黃魯直雖未及引年，其言曰："古人以致仕爲榮，交親畢賀；今人以致仕爲病，子弟交諱。"其亦知之也已。

　　又有未七十而退者。陶淵明旣歸，與子書曰："吾年過五十，而窮苦荼毒，性剛才拙，與物多忤。北窻下臥遇凉風，自謂羲皇上人。"張翰見秋風，思菰菜蓴羹鱸魚膾，遂命駕歸。陶弘景掛冠神武門，上表辭祿。龔舍見赤蜘蛛四面縈羅網，蟲觸不能出曰："仕宦人之網羅。"掛冠去，號蜘蛛隱。韋世康曰："祿豈須多，防滿則退；年不待暮，有疾便辭。"遂乞退。何胤曰："吾年已五十七，月食四斗米不盡，何容復有宦情？"隱若耶溪雲門寺，梁武敕給白衣、尚書祿，固辭。

李泌未老，而以五不可留，還衡山。孔戣三上書去官曰："吾有二宜去。"賀知章乞還鄉，詔賜鏡湖一曲，百僚祖道，御詩送行。白香山詩曰："我今悟已晚，六十方退閑。"

麻衣道者視錢若水曰："急流中勇退人。"後爲樞密，四十致仕。歐陽脩將退，人謂之曰："未及引年，豈容遽去？"答曰："豈可更俟驅逐？"蘇軾六十六，至金陵告老致仕。范鎭六十，拂衣歸園第，讀書賦詩自娛，客至，野服見之。司馬溫公曰："吾勇決不如景仁。"周濂溪中歲乞身，老於溢城。陳執中因佺世脩，獻《五湖圖》，即日納節，明年致仕。馬正卿因蘇子瞻書子美《秋雨歎》，即日辭歸。韓世忠上章丐閒，跨驢携酒，縱游西湖。如此輩人，又高於人一等矣。

余每讀白樂天《九老會詩序》【前懷州司馬胡杲八十九，衛尉卿致仕吉旼**32**八十八，前磁州刺史劉眞八十七，前龍武軍長史鄭據八十五，前侍御史內供奉官盧眞八十三，前永州刺史張渾七十七，刑部尚書致仕白居易七十四，皆有詩。又有遺老李元爽一百三十六，僧如滿九十五，是爲九老。書姓名、年齒，寫其形貌，合尙齒之會於樂天所居東都履道坊。樂天爲之序，唐會昌五年三月二十四日也。又有秘書狄兼謩、

---

32 吉旼：문헌에 따라 '吉皎'로 표기된 경우도 있다.

河南尹盧貞[33]未及七十，雖與會而不及列。】及杜衍《睢陽五老圖詩序》【太子太師致仕祁國公杜衍八十，禮部侍郎致仕王渙九十，司農卿致仕畢世長九十四，兵部郎中致仕朱貫八十八，駕部郎中致仕馮平八十七。爲五老會，圖像賦詩，以繼九老會。錢明逸爲之序，宋至和丙申中秋日也。】及歐陽永叔《借觀五老詩》詩【有"冥鴻得路高難慕，松老無風韻自寒"之句。】及富弼《耆英會詩序》【武寧軍節度使守司徒開府儀同三司致仕韓國公富弼彥國七十九，河東節度使守太尉開府儀同三司判河南府潞國公文彥博寬夫七十七，尙書司封郎中致仕席汝言君從七十七，朝議大夫致仕王尙恭安之七十六，太常少卿致仕趙丙南正七十五，秘書監致仕上柱國劉几伯壽七十五，衛州防禦使致仕馮行己肅之七十五，中奉大夫充天章閣待制提擧崇福宮楚建中正叔七十二，司農少卿致仕王謹言不疑七十二，宣徽南院使檢校太尉判大名府王拱辰君貺七十一，太中大夫提擧崇福宮張問昌言七十，龍圖閣直學士通議大夫提擧崇福宮張燾景元七十，端明殿學士兼翰林侍讀學士太中大夫提擧崇福宮司馬光君實六十四，慕樂天九老會，爲耆英會，尙齒不尙官。就資聖院建大廈，曰耆英堂，命閩人鄭奐繪像堂中。時王拱辰留守北京，貽書潞公願與會，溫公年未七十，用狄監、盧尹故事，令奐自幕後傳像，又之北都傳王公像。凡十三人。潞公以地主，携鼓樂就富公宅，作第一會，餘皆次爲會，各有詩。溫公爲之序曰："九老會圖傳於世，宋興，洛中諸公繼而爲之者再矣。皆圖形普明僧舍，樂天故第也。元豐中，潞公、韓公，悉集士大夫老而賢者，凡十二人。圖形妙覺僧舍云云。"宋元豐五年正月也。】及文彥博《同甲會詩》【文潞公居洛，與中散大夫程珦、朝

33 盧貞 : 문헌에 따라 '盧眞'으로 표기된 경우도 있다.

議大夫司馬旦、司封郎中致仕席汝言，爲同甲會，亦繪像於資聖院，皆七十八。各賦詩，潞公詩曰："四人三百二十歲，況是同生甲午年。"】及司馬溫公《眞率會詩》【溫公又作眞率會，伯康與君從七十八，安之七十七，正叔七十四，不疑七十三，叔達七十，君實六十五。爲約："序齒不序官。食不過五味。酒巡無筭，深淺自斟。主人不勸，客亦不辭。惟菜無限。召客共用一簡。客注可否，會日早赴，不待促。違約者罰一巨觥。"楚正議增飲食數，罰一會。溫公詩曰："七人五百有餘歲，同醉花前今古稀。"】，未嘗不隔晨千載，如見其鬚眉皓白，衣冠甚偉，都人隨觀之狀於名園、古刹、水竹、林亭之間。而擊節歎慕，望之若仙也。

若李昉之九老會【李文正昉，以司空致仕。至道元年，思樂天九老會，且交游中有此數。太子中允張好問八十五，太常少卿李運八十，故相吏部尚書宋琪、廬州節度副使武允成，皆七十九，吳僧贊寧七十八，鄆州刺史魏石七十六，諫議大夫楊徽之七十五，水部郎中朱昂與昉，皆七十一。欲繼其事，爲宴集會，蜀寇起而罷。次年李公即世，竟不成。】，雖以事故而不成，其耆老優游相與，燕嬉於升平之世，則可以追蹤於履道坊故事。而溫公所謂"宋興繼而爲之者再者"，蓋指此與睢陽而言也。嗚呼！何其盛也？向使諸公拘牽於名繮之絆，出沒於宦海之波，則雖欲偸半日之閑、娛桑榆之景，尚可得乎？

紀瞻曰："七十之年，禮典所遺。"庾峻曰："古者大夫七十懸車，聽其致仕，則士無懷祿之嫌。"宋時七十不致仕者，有司按籍，悉令告老，胡宿雖以爲"當使人自言，全其美節"。

愚則以爲：旣曰禮典，又曰美節，又曰有懷祿之嫌，則在國家使臣以禮之道，宜使全其美節，無犯在得之戒。何必縶之使之，踰禮防隳節義，而趨禍患乎？若一依禮典，四十而後乃許仕，七十則聽其休致，上自公卿，下至百執事，毋敢違越。而苟其德望、才猷可以與聞國政，則如董仲舒在家，如有大議，使就而問之；爰盎家居，使人問籌策；趙充國罷就第，每有四夷大議，常參兵謀，則豈不美哉？

嗟乎！古則難進而易退，今則躁進而忘退。其仕也，則雖童騃之類，皆思擠人而媒進；其老也，則雖八九十之年，苟其筋力不至於癃殘，則貪權樂勢，持祿固位之心，與年俱篤。而又恐人之議己也，乃曰欲退不得，又曰吾將老矣。甚或思潁之吟，不絕於口，而待漏之霜，長滿於靴。此古人詩所謂"相逢盡道休官去，林下何曾見一人"者也，畢竟白頭蹈禍。覆轍相尋而不知悔，禮經所限，徒虛語耳。彼唐、宋諸賢之盛事，今安得復見？悲夫！

論緊俗

按《列子·楊朱》篇，楊子曰："伯成子高不以一毫利物，人人不損一毫、不利天下，天下治矣。"禽子問曰："去子體之一毛，以濟一世，為之乎？"楊子弗聽。故孟子曰："楊子取為我，拔一毛而利天下，不為也。"朱子釋之曰："取者僅足之意，僅足於為我而已，不及為人也。"蓋楊朱之道如是也。

余觀今世之人，皆以緊之一字，為持心行己之元符，見人之所言、所爲，小有緩歇，似若不襯切於己，則輒曰不緊。夫緊者爲我也，吾故曰：「今之人盡爲我也。」出一言，非緊於己，則不爲也；動一跬，非緊於己，則不爲也。有所事，必緊而後爲之；有所謀，必緊而後爲之。

惟其欲緊也，故凡於義理關頭、是非界上，當言則以含默糢糊爲巧，遇事則以閃避推諉爲能。而至於名利分數，則以隨時逐勢，朝降夕叛，爲第一妙方；科宦地頭，則以暗蹊密逕，揚己擠人，爲最先急務。有些少利害，則平日之擯不齒數，視若路人者，猝變爲磨肌戛骨之親；有微細機關，則他時之脅肩詔笑，待如父師者，忽化爲按劍切齒之讐，有前門揖而後門關者，有舊雨來而今雨絕者。

不喜而強笑，已知而陽驚，外似誠而內實詐，迹則東而心反西。或賺以誘之，或嚇以脅之，或餌而釣之，或撫而奴之。一盃之待，盡有妙理；一番之訪，悉出深意。今日之不切於己者，立視其死而不以爲意；後來之有所顧望者，忘讐忍辱而甘爲死士。甲既以爲「我能爲人所不能之術」而嗤乙之歇，乙亦以爲「我獨有人所不覺之計」而欺甲之癡。自己之所爲與所聞，則必秘諱之；他人之所爲與所聞，則必鉤得之，各自爲駔儈之奸習，更不顧傍眼之竊議。

凡此皆爲緊於己也。而以吾觀之，其所謂緊者，乃大不緊；其所謂爲我者，乃大非爲我也。夫不顧義理之當否而只計目前之利害者，未有不顛敗者也；不分是非之眞僞而只憑私意之左右者，未有不汚辱者也。此無他，目前之利，雖自以爲「緊莫如我」，而苟乖於義理之正，則得罪公議，他日之害，百倍於其利；用意之私，雖自以爲"鬼不及知"，而苟失於是非之公，則積拂人心，異時之辱，必甚於所得。此天理之不可誣，而人情之所必然者也。

雖以一時之利害言之，亦有然者。有一人急於鑽刺，將有所往，路逢故人，遽曰："吾有緊急，不可小住。"遂不顧而去，旣而聞向所逢者有緊逼，乃往要之，其人心惡而辭謝之。有一人當夜巡受軍號，則字不可識，乃走問於能文者，亦不識，路有所識一書生而不入問，自以意妄稱，遂抵罪，旣而聞書生識其爲某字，乃追悔莫及。世間事多類此，皆緊之過也。

至若試官、政官受賂囑行私，自以爲緊矣，而彈駁嶺海之禍出於意慮之外；富人、賈人行人所不忍，以利其身，自以爲緊矣，而火刀欺偷之患發於信任之中。吾未見其緊也。彼細民之不識事理、不知死生而惟利是貪者，固無責已，以士君子而亦復乃爾，豈不惜哉？嘗見明人之言曰："人能捐百萬錢嫁女，而不肯捐十萬錢教子；寧盡一生之力求利，不肯輟半生之功讀書；寧竭貨財以媚權貴，不肯捨些微以濟貧乏。此天下之通惑也。"天下之惑，奚止於是？苟求其由，皆一緊字爲祟也。

夫緊者，糾緊切至而無毫末疏緩之謂也。然而繩太緊則絞而絕，反不如緩之韌；衣太緊則阨而裂，反不如寬之宜；步太緊則竭而躓，反不如徐之速，緊之反爲不緊，理之常也。而欲專以緊爲事，惟私於一己，則安往而有攸利乎？如專以緊爲事，則惻隱、羞惡、辭讓、是非，皆不足言；汎愛、容衆、仁民、愛物，皆不可爲。而七情失其正，五品乖其常矣。揆以天理、人情，寧有是耶？

　　嗟乎！楊朱之學，僅足於爲我，而今之人則不能僅足；楊朱之學，不及於爲人，而今之人則適足爲人。是則欲爲楊朱之學而不善學者也，寧不慨乎？誠使出言謀事之際、交遊施爲之時，不先着"緊、不緊"三字於胸中，惟以道理之所當然爲主，則稟於天者可全，修於身者可備，禍患不及，身心安閑，是眞緊矣，是眞爲己矣。不知何苦以緊爲不緊、以不緊爲緊，爲識者笑其愚也。

進對講義

御製《中庸》講義條問【甲辰五月生進進對】

1. 序

1-1

<u>程</u>説以爲"徇天理底道心, 徇人欲底人心", <u>朱</u>説以爲"上智不能無人心, 豈可盡謂之人欲乎云云." <u>程</u>説中人欲云者, 是指<u>孟子</u>所謂耳目口鼻四肢之欲耶? 然則上智似不可謂無是, 而<u>朱</u>説以人欲之"欲"字, 屬之私慾之"慾". 兩賢之説, 若相矛盾, 此果分明劈破耶?

　　臣對曰: 心者一而已, 非有二也, 而生於形氣之私者爲人心, 原於性命之正者爲道心. 形氣是耳·目·口·鼻·四肢之屬、飢飽·寒煖·痛癢之類, 而皆屬自家體段, 他人無與焉. 不比道便公共, 所謂私也, 而<u>舜</u>之所以特以一危字言之者也. 然而私亦未便是不好, 危亦未便是不好, 只是有箇不好底根本. 而苟不知所以治之, 則於是乎始流於不好底境界矣. <u>程子</u>所謂徇人欲底人心者, 蓋亦不異乎向所謂私字, 而以<u>朱子</u>"不可<u>徇之</u>"之訓觀之, 則徇字竊疑太重, 而人欲云者, 未便是不好題目也.

不惟此也。《遺書》又言"人心私欲，道心天理"，朱子始疑之而後識其意，以爲"只一毫髮不從天理上自然發出，便是私欲，非皆不善也"。以此言之，兩賢之意，何嘗矛盾乎？至於"豈可盡謂之人欲"云者，此以人欲屬之於私慾，而明此人心之未便是人慾也。字雖同而指則異，語雖異而歸則同，前後之說，未嘗不合。而程子之意，得朱子而益明，朱子之說，較程子而愈密，斯豈非後學之幸耶？

1-2

東儒言人心、道心之別曰："理、氣渾融，元不相離。發之者氣也，所以發者理也，安有理發氣發之殊乎？但道心雖不離乎氣，而其發也爲道義，故屬之性命；人心雖亦本乎理，而其發也爲口體，故屬之形氣。"曰"所以發"，曰"發之云云"，蓋謂"有是理故發也"、"無是氣則不發也"，理、氣之元不相離，卽此可決。然則一說以四端屬理發，以七情屬氣發者何也？願聞的確之論。

臣對曰：理、氣是二物，而亦相袞同，纔有這理，便有這氣，不能相離。若無此理，則此氣如何發？若無此氣，則此理如何頓放？是故論本原，則有理然後有氣；論禀賦，則有是氣而後理隨以具。有是氣則有是理，無是氣則無是理；是氣多則是理多，是氣少卽是理少。此朱子所謂"若闕一，便生物不得"，而程子所謂"論性不論氣不備，論氣不論性不明，二之則不是"者也。

　　至若人心、道心之別，則道心是發於理者，故全善無惡，而亦非離於氣者也；人心是發於氣者，故可善可惡，而亦是本於理者也。朱子曰："如動靜者氣也，其所以能動靜者理也。"此便是"發之者氣也，所以發者理也"之意。而四端是理之發，七情是氣之發，又是朱子之論也。以此觀之，此兩說，皆是本於朱子者，而俱不害爲理氣之不相離矣。

1-3

東儒《人心道心圖》，道心下書善字，與性善之善字，其義同耶異耶？人心卽聖凡之所共有，而圖本斜書人心，下着惡字，何也？

　　臣對曰：人心、道心，旣兩下說破，則分別界分，分明指示者，莫善於圖，此圖之所以作也。道心是義理上發出來底，則固當書善字於其下。而是善也，罔非從性善中流出，則此所謂"凡此厥初，無有不善。藹然四端，隨感而見"者也，善字之義，恐無同異之可論矣。至於人心則雖曰"上智之所不能無"，而只一危字，可見其欲墮未墮，易流於不好，此所以斜書而下着惡字也。斜書者，言其危者愈危，則流於惡也。嗚呼，其可懼也哉！

1-4

此曰：“精則察夫二者之間而不雜。” 所以察之工，本篇之中，當於何着手耶？

臣對曰：惟精之精字，是於二者之間，而精察分明，不相混雜也。若夫所以察之工，則在乎擇善，而擇善之要，只在愼獨二字。蓋獨者人所不知而己所獨知之地，則迹雖未形，而幾則已動。其毫髮之間，無所潛遁，又有甚於他人之知，則是雖常情所忽，以爲不必謹者，而君子省察之工，尤不敢不致其謹於此。苟能察之於此，使其幾微之際，無一毫人欲之萌而純乎義理之發，則不雜不離、擇善固執之功，可以無少間斷矣。是故朱子曰：“是敎人察私意起處防之。” 又曰：“體道之功，莫有先於此者，亦莫有切於此者。” 子思首以爲言，以見君子之學必由此而入，察之之工，舍此而於何着手耶？

1-5

時中、執中之義，同歟異歟？ 帝堯始言“執中”，夫子繼言“時中”，前後聖立言之各異何也？ 且執中與時中，何等好題目，而有子莫之執中，有胡廣之時中，此則緣何致此？ 願聞剖釋之說。

臣對曰：帝堯只言中之一字，而首加執字。夫子始言時中二字，而明其隨時之義。夫中也者，只是箇恰好底道理，故帝堯則只曰允執。而夫子聖之時者，故又言其隨時處中之義，以詔後人。中字則初未嘗有異也。是故朱子於序文曰時中則執中之謂也。前後聖之立言，何嘗各異耶？

蓋道不合乎中，則異端之道，非堯、舜之道也；中不合乎時，則子莫之執中，非堯、舜之執中也。故夫子特揭"時中"二字，以明夫中無定體，隨時而在中，而不時則非中也。蓋所以益闡執中之義，而使之不差於執中也。彼子莫惟不知時之義，而徒知執也。故執中無權，而終歸於執一也。若乃胡廣之遜言、恭色，取媚於時，而得天下中庸之稱，是乃小人之反中庸而自以爲中庸者也。其視聖人所謂執中、時中，不翅背馳。則學者於此，安可不愼思而明辨乎？

2. 篇題

2-1

《中庸》分節，《讀法》則作六大節，《章句》則爲四大節。而饒氏則主《讀法》，王氏則主《章句》，未知當以《章句》爲主歟？

饒、王以後，又有五節之論。蓋其分節，十二章以後，則與《章句》同，而首章爲一大節，自第二章至十一章爲一大節，則與《讀法》同。此於《讀法》、《章句》之間，可謂參互彼此而得其中耶？

臣對曰：《讀法》是朱子之言，《章句》亦朱子之文也。《讀法》旣以六大節分定。而《章句》則於首章曰"其下十章，引夫子之言，以終此章之義"，於十二章曰"其下八章，雜引孔子之言以明之"，於二十一章曰"以下十二章，皆子思之言，推明此章之意"，於三十三章曰"舉一篇之要而約言之"。王氏以此爲四大支，饒氏又分排《讀法》之六大節於一篇之內。今比而觀之，則特有詳略，而大意則皆同，無互相牴牾之弊，眞所謂竝行而不悖者也。至於五節之論，則與《章句》同，而特分第一支，作二節。此亦非强分而別爲之說者，則恐不可偏廢也。

竊意首章，乃一篇之體要，而末章復申首章之義，所謂"始言一理，末復合爲一理"，則《讀法》之以首章、末章，各爲一大節，儘是朱子之深意，不容復議。而至於《章句》所言，則又當逐段而深味之，五節之論，亦不外於是矣。

2-2

《中庸》之"中"字，朱子釋之曰："不偏、不倚，無過、不及。""過、不及"三字，固是《中庸》本文，而至於"不偏、不倚"四字，《中庸》本文，但有不倚二字，元無不偏二字。朱子之必以此四字，合而言之者，何也？以未發之不偏、不倚，與已發之無過、不及相對說，則偏、倚二字，必各有所指，何以則可明其各有所指而言不架疊耶？

臣對曰："中字之義，本取時中之中，而所以能時中者，蓋有那未發之中在"，朱子欲兼體用、內外而言。故取程子"不偏"二字及本文"不倚"二字，合而言之，加於"無過、不及"四字之上，以先說未發之中。

夫偏者，猶四方之偏在一方也；倚者，猶柔弱之倚靠一邊也。如人之處室中，初未有定向，少間靠取一邊，倚着欹側，甚則至於倒東隆西，落在一偏。又如以衡稱物，自有至平處，而少倚秤錘，則便有輕重，遂至於偏。蓋倚猶不及於偏，而偏則過於倚矣。不偏、不倚，則猶"立而不近四旁"、"衡而本自至平"，程子所謂在中，朱子所謂"在裏面底道理"、"未動時恰好處"。而以四字合而名之，極言其無所偏、倚之義也。

蓋偏、倚二字，苟欲覈其字義之淺深，而必言其各有所指，則正與過、不及相對。而自朱子以後，皆但以無所偏、倚爲言，未嘗分析而互對。則只以未發之不偏、不倚，對已發之無過、不及，已自十分分曉，不必各有所指而初無架疊之病矣。

3. 第一章

3-1

天命之性，朱子釋之曰："天以陰陽五行，化生萬物，氣以成形，理亦賦焉。"既曰"氣以成形，理亦賦焉"，此性字，當兼氣質看耶？

臣對曰：萬物之生，成形者氣也，禀賦者理也。此朱子所以有"氣成形，理亦賦"之言。而天命之性，本未嘗偏，氣質所禀，却有偏處。則雖曰"纔有天命，便有氣質，不能相離"，而此性字，是就人身中指出，這箇是天命之性，乃是從原頭專言理，不雜氣禀而言，如太極不離乎陰陽，而亦不雜乎陰陽也。

此成湯所謂降衷之性，孟子所謂性善之性，程子所謂卽理之性，張子所謂天地之性。故朱子旣以天之命令爲言，而又曰"若云兼言氣，便說率性之道不去"。此可以爲斷案矣。

3-2

率性之率字，朱子旣以循字釋之。又於《或問》，駁論諸家之說，以明其非指修爲而言，此誠不易之論也。然修道之修字，亦不以修爲釋之，謂之以"品節"，而下文所謂"禮·樂、刑·政"之屬，卽所以發明品節之意，則修道又不得爲自修之工耶？不曰"修爲"，而謂以"品節"者，必有所以然之故，願聞其詳。

臣對曰：孟子曰："道若大路然。"蓋以人生日用當然之理，猶四海九州百千萬人當行之路。故循其所得乎天以生者，則事事物物，莫不自然，各有當行之路，是則所謂"道"也。故朱子以循字釋率字，蓋言其非人率之，而不要作工夫看也，豈可指修爲而言耶？

蓋所謂性者，無一理之不具，故所謂道者，不待外求而無所不備；所謂性者，無一物之不得，故所謂道者，不假人爲而無所不周。此《或問》所以引程子之論，以駁呂、游輩之說也。

至於修道之修字，雖與修爲之修字相同。而子思立言之意，則以修道二字，訓教字名義，言聖人因是道而爲之品節防範，以立法垂訓於天下，是則所謂教也。蓋性、道，雖所同得，而氣稟則或異，不能無過、不及。故聖人以禮·樂、刑·政之屬，品節而裁制之，亦因其所當行者耳。若謂之修爲，而以爲自修之工，則非但於教字不應，於文義亦有不然者。楊雄有修性之論，而伊川以爲"不識性"，朱子以爲"性不容修，修是揠苗。道亦是自然之理，聖人於中爲之品節，以教人耳"，以此觀之，其所以必謂之"品節"之意，概可見矣。

3-3

戒懼一節，當專以靜看耶？抑通動、靜看耶？以本文言之，則似當專以靜看，而朱子《答呂子約書》，通動、靜看，未知《章句》中，亦帶得通看之意耶？

臣對曰：戒懼者所以涵養於喜怒哀樂未發之前，常要提起此心在這裏，防於未然，則分明是靜工夫。而朱書論此章，又通動、靜看，蓋自其"不可須臾離"者而言，則所謂"道"者，無物不有，無時不然。茲豈非通動靜者乎?

《章句》亦曰："常存敬畏，雖不聞見，亦不敢忽，所以存天理之本然，而不使離於須臾之頃也。"此言雖不睹不聞之際，亦致其謹，則睹聞之際，其謹可知。且不使須臾毫忽之暫離，則其意已包得動、靜在裏面矣。

3-4

未發說之見於《朱子大全》及《語類》者，各自不同。或曰："自堯、舜至於塗人一也。"或曰："廝役亦有未發。"或曰："衆人未發時，已自汩亂了。"或曰："其未發時，塊然如頑石。"以前二段觀之，則後二段，恐未爲定論。而又於《答林擇之書》，曰："謂之未發，則不可言無主也。"若論其未發界至十分盡頭處，則當以何說爲主耶?

臣對曰：喜怒哀樂，渾然在中，未感於物，未有倚着一偏之患，亦未有過與不及之差。故特以中名之，而又以爲天下之大本，此未發之說也。然而考之諸書，各有不同。曰"堯、舜塗人一也"，曰"廝役亦有未發"者，可謂善言未發之中。而至於以衆人爲汩亂於未發時，以未發爲塊然如頑石者，似是未定之論也。若其《答林擇之書》所謂"謂之未發，則不可言無主"者，蓋以其渾然之理在中而言也。

程子答蘇季明曰："纔思卽是已發。"朱子謂"此一句，能發明子思言外之意，蓋不待喜怒哀樂之發，但有

所思，卽是已發。此意已極精微，不可以有加矣"，斯
豈非說到未發界至十分盡頭處耶？

3-5

未發時有工夫之可言歟？抑不可言工夫歟？程子言"求中於
喜怒哀樂未發之前"，朱子曰："人須是於未發時，有工夫是
得。"又曰："未發時着不得工夫。"蓋纔着工夫，則便屬已發。
而程、朱前後之論，若是不同，將何的從耶？

　　臣對曰：未發時工夫，乃是戒愼·恐懼、提撕·涵養，則
　　謂之"有工夫之可言"可也。　而又非可以義理省察而言
　　之，則謂之"不可言工夫"，亦可也。是故呂氏言"當求中
　　於喜怒哀樂未發之前"，而程子以爲"言存養於未發之時
　　則可，言求中於未發之前則不可"，又曰："未發之前，
　　謂之靜則可。然靜中須有物，始得這裏，便是難處。學
　　者莫若自先理會得敬，能敬則自知此矣。"或曰："敬何
　　以用功？"曰："莫若主一。"以此觀之，未發時工夫，可
　　知也已。朱子曰："須是於未發時有工夫。"此言不可無
　　戒懼之工也。又曰："未發時着不得工夫。"此言纔着那
　　工夫，便屬已發也。由茲以言，則程、朱前後之論，安
　　有不同者乎？

3-6

朱子論未發，或以《復卦》當之，或以《坤卦》當之。兩說之

中，當以何說爲定論耶?

臣對曰: 朱子論未發之言曰:"至靜之時，但有能知能
覺者，而無所知所覺，此《易》卦爲純《坤》不爲無陽之
象。 若論《復卦》則須以有所知覺者當之，不得合爲一
說。" 而復引邵子詩，言其至微至妙。 蓋《復卦》下面，
一畫已動，則不可謂未發，而《坤》之純陰而未嘗無陽，
可以當靜中有物之象，此似已爲定論矣。

3-7

未發二字，固是發前人所未發。而子思前後，果無言及未發
之意者耶?

臣對曰: 自古書中，多言無過不及之中，中之用也。子
思則先言未發之中，以見中之體，眞是發從古聖賢之所
未發者，而此外亦自有言及未發之意者。 以言乎子思
之前，則《十翼》有寂然不動之訓; 以言乎子思之後，則
《孟子》有性善之言，斯豈非前後聖之若合符契者耶?

4. 第二章

4-1

雖有君子之德，而未至時中之域者，大賢以下所不能免，則
君子而時中云者，語勢固如此。而至於"小人之反中庸"，雖
不至於無忌憚，苟有小人之心，則已與中庸相反矣，何待無

忌憚，然後方可謂反中庸乎？然則"小人而"之"而"字，比之
"君子而"之"而"字，豈非可疑處乎？是以呂氏諸儒，皆從鄭
本，以"小人之反中庸"一句，作"小人之中庸"。蓋小人實反
中庸，而乃敢自以爲中庸，此所以爲既有小人之心，又無忌
憚者。

　　而程、朱則皆從王肅本，雖其文勢語脉，誠如《或問》
所論，"小人而"之"而"字，論以當句內文勢、語脉，則終有
說不去處。且小人之自以爲中庸者，卽所以反中庸，則鄭本
所謂"小人之中庸"，亦何害於文勢、語脉耶？況以鄭、王二
本論之，則自有先後之別，而反字之非王所增，又不可攷，
則諸儒之論，恐亦不可謂無所據。而《或問》中，又以發明
小人之情狀，稱許諸說，則朱子之微意，又有可見者，當并
取鄭、王兩本之意而不可偏廢耶？

　　臣對曰：朱子曰"君子只是說箇好人"，則小人恐亦不是
索性小人。君子而不能時中，則未可謂君子之中庸也；
小人而苟有忌憚，　則必不敢肆欲妄行而未必無遷善之
理，烏可斷之以小人之反中庸乎？

　　　若只曰君子，而不論時中與否，遽謂之中庸；只
曰小人，而不論無忌憚與否，遽謂之反中庸，則似非十
分正當之論也。必也有君子之德，而又能隨時以處中，
然後乃所以爲君子之中庸也；有小人之心，而又無所
忌憚，然後乃所以爲小人之反中庸也。

　　　陳氏謂："朱子就兩箇'而'字上，咀嚼出意味來，則

此‘而’字, 政是人鬼關頭也, 豈非聖人開示後人之微旨乎?” 呂氏諸說之從鄭本而作小人之中庸者, 其所爲說, 可謂不煩增字而理亦通。 故《或問》中, 亦以爲“發明小人之情狀, 曲盡其妙, 足以警鄉原亂德之姦”, 而斷之以非本文之意。

且以文勢、語脉, 決其不然。 蓋上文旣言“君子中庸”、“小人反中庸”, 則下文當承此而分解兩句之義, 不應於小人之下, 拔去“反”字而別生他說, 以爲“小人之自以爲中庸”也。 先後之別、增之之疑, 恐亦不必以此而爲據也。 但朱子, 旣存呂氏之說, 以備觀考, 則似亦不可以偏廢也。

5. 第三章

《中庸》一篇中, 用許多“能”字, 而至於中庸, 謂之以“不可能”, 則此章之獨曰“民鮮能”者何也? 程子久行之說, 朱子旣謂記錄之差, 則今不敢更論。 而呂、游[34]諸家之說, 雖以不能期月守證之, 其意亦或以中庸之不可謂可能耶?

臣對曰: 此章, 《論語》無“能”字, 而此則添之。 自此以下, 許多能字, 皆從此“能”字而始, 先儒謂可見子思之意者信矣。

---

[34] 呂、游：《중용혹문(中庸或問)》22조에는 여대림(呂大臨)과 후중량(侯仲良)으로 되어 있다. 정조가 기억에 착오를 일으킨 것으로 판단된다.

第九章以中庸謂"不可能", 而此章則曰"鮮能"者, 彼
以可均、可辭、可蹈, 極言中庸之難, 故直曰"不可能",
而此以中庸之德之至而歎世敎之衰, 故只曰"鮮能"。且
不欲以不能斷之, 而特言鮮能, 與下章"鮮能知味"之"鮮
能", 互相映發。

又如"巧言令色鮮矣仁"之類, 皆其辭不迫切處, 與
直言民不能者, 氣象不侔矣。自"世敎衰"一條, 乃程子
手筆《論語解》, 而朱子因之, 則久行之說, 可知其出於
門人之差繆。而侯、呂之說, 雖以不能期月守證之, 朱
子以爲"兩章各明一義, 不當以彼證此", 則臣何敢更論
耶?

6. 第四章

上一節, 旣以不行、不明, 相對而說, 則下一節, 固當并論
知、行, 以結上文之義。而只舉知一邊者何也?

臣對曰: 此章以道之不行、不明對說, 則下文結辭, 固
當并論知、行。而只舉知一邊, 不言行一邊者, 道之不
行, 由於不明, 苟明矣, 斯行矣。故於其末, 專言知味,
以見明道之爲先, 而於其下章, 又指行而言, 其序不紊
而功不闕, 蓋如此矣。

7. 第五章

《中庸》三十三章之中, 此一章獨爲一句。若以此一句, 屬

之第四章之末，則曰知、曰行，可以總結上文。而朱子必以此一句，別爲一章者何也？

臣對曰：此一句自爲一章，子思取夫子之言，比而從之。蓋承上章“鮮能知味”之義，而言其“不知故不行”，以起下章“舜其大知”之意。此其次第、條理瞭然，可以默識矣，何必屬之於上章之末而後，可以總結上文乎？況第二章以下十章，皆引夫子之言，而每章必以“子曰”起之，則此章之別爲一章，又可驗矣。

8. 第六章

兩端二字，《章句》中何不以“過、不及”兩者言之，而必以大小、厚薄之類言之乎？無過、不及，卽所謂中，則以過、不及，釋兩端，然後用中之義，似尤分明。而《章句》之意，則衆論不同之極處，各有所謂中者，然則兩端之中間，不得爲中，而各就一端上，取其所謂中者，然後方可謂“用中而得免爲子莫之執中”耶？

雖然過者爲一端，不及者爲一端，則此兩端之間，獨非中乎？《或問》因卜程子執持之論，有“孰爲過，孰爲不及”之說，而《章句》之必以大小、厚薄爲言者，果何故耶？

臣對曰：中者，無過、不及之謂，則兩端似以過、不及言之。而《章句》之必以大小、厚薄之類言之者，蓋以舜之好察邇言，樂取諸人，故以衆論不同之極致，釋兩端。而又曰：“凡物皆有兩端，如小大、厚薄之類。”謂之類，凡輕重、多少，皆是也。以此爲言，然後可以形容其兼總、斟酌之義，而無過、不及之意，亦未嘗不包在其中矣。

若只謂兩端之爲過、不及而用其中，則或恐人之錯認，爲但去兩頭，只取中間，而大小、厚薄、輕重、多少之間，必有偏倚而不得其中者矣。

蓋於其善之中，而又執其兩端而量度之，惟其中而用之，則此舜之知所以爲大，而非他人之所及也。是故《或問》中，辨程子執持過、不及之論，而曰：“當衆論不同之際，未知孰爲過、孰爲不及，而孰爲中也。故必兼總衆說，以執其不同之極處，而求其義理之至當，然後有以知夫無過、不及之在此而在所當行。”卽此觀之，則《章句》大小、厚薄之說益明，而亦未嘗捨過、不及而爲言也。《章句》中，特不及於“過、不及”三字耳，然則《章句》所言，豈非錙銖不差者耶？

9. 第七章

此章之人字，卽衆人也。衆人之於中庸，豈有能擇、能守之可論乎？期月之內，勿論幾箇日，能擇而能守，則是乃賢者也。以賢者之事，擬論於衆人者何也？抑此人字，汎論賢者與衆人，而所當活看者耶？

臣對曰：此人字，汎言衆人。而以上句起下句，如《詩》

之興體。則此特言知禍而不知辟之人，以況能擇而不能守之人。反復諷誦，則其意自見，非謂衆人之能擇、能守，而以賢者之事擬論也。此等處不以辭害意，而所當活看者也。

10. 第八章

顏子之能擇、能守，以見於《論語》中者言之，則何者爲能擇，而何者爲能守歟？《或問》中所論呂氏之說，猶有未盡者。何以爲說，則可以襯切而分明耶？

臣對曰：《或問》載呂氏之論顏子，而謂"其親切、確實，學者所宜諷誦而服行"，其言引《論語》中"旣竭吾才"、"欲罷不能"等語，而形容其拳拳服膺之意，可謂縝密有味。而尙有可以爲說者，夫克己復禮，固夫子所以授顏子，而顏子所以爲中庸也，請問其目，斯非能擇乎？請事斯語，斯非能守乎？此夫子所以特稱其能擇、能守，而子思所以著之於《中庸》，繼舜之後也，其旨深矣。

11. 第九章

"中庸不可能"之義，《或問》詳論之，而以程子克己最難之說結之。克己之最難，何以爲中庸之不可能耶？程子只發其端，朱子亦但曰"其旨深矣"，而無發明之言，諸君子幸詳說之。

臣對曰：此以三者之難，明中庸之尤難。而所謂中庸，亦非於三者之外，別有一箇道理，只於三者之間，做得恰好處，便是中庸。而所謂"做得恰好"，非義精仁熟而無一毫人欲之私者不能，此程子所以有克己最難之言，而朱子所以著之於《或問》，謂"其旨之深"者也。三者天下之至難，而猶可能也，中庸雖若易能而不可能也，則此非克己之最難乎？是故惟顏子之克己，能擇、能守，而民之所以鮮能也久矣。

12. 第十章

12-1

第二章，變和言庸，其下十章，皆論中庸之義，而此章獨言和字。此和字與中和之和字，同歟異歟？

臣對曰：此篇，自第二章，變和言庸，此則已有朱子之論。而至此章，更有和字，此與中和之和字，相同而意實殊。蓋中和之和，是喜怒哀樂之發而中節者，而天下之達道也，此和字，乃與物同之稱，若柳下惠之和，是也。君子和而不流，則乃爲中庸，衆人和而無節，則必至於流，何可與中和之和，比而同之耶？

12-2

不倚然後可以中立，則中立二字之中，恐已包得不倚之意。而既曰中立，又曰不倚者，何也？

或曰："中立卽不偏也。"此論果何如？"中立而不倚"一句，《或問》則曰"中立而無依，則必至於倚"，其下又有强弱之說，而《章句》則只釋倚字。未知《章句》成於《或問》之前，故猶未及發盡底蘊耶？

臣對曰：朱子說此章曰："若是中，便自不倚，何必又說不倚？蓋柔弱底中立，則必欹倒，若能中立而不倚，方見硬健。"觀此則中立不倚之義，可以言矣。不偏之謂中，則中立固是立不偏之意，而或說亦非有他義也。

今按《章句》只以偏着釋倚字，而《或問》則多所發明，至以强弱互對而爲說，無復餘蘊。蓋《章句》則以謹嚴、要約爲體，《或問》則以敷衍、辨析爲主，詳略之不同，固其勢然也，恐未可以前後之異而謂未及發盡也。

13. 第十一章

素隱之素字，《或問》旣以舊說所謂"無德而隱"，謂"於義略通"，又以爲"遯世不見知之語反之，似亦有據"。且於《漢書》之以素爲索，只曰其說近是，有若未定之論。而《章句》則直斷以字誤。未知《或問》成書之時，更加研究，故其所爲說，較精於《章句》耶？《或問》所論旣如此，又於《答黄直卿書》，從舊本作"素隱"，《章句》雖如此，亦不可偏廢舊說耶？

臣對曰：素字之誤，《章句》、《或問》，未見有異，特

《章句》不可以繁絮，故一筆斷之，《或問》備錄疑義，而畢竟與《章句》同耳。

蓋以無德而隱謂"昬通"，而又以爲"遯世不見知之語反之，似亦有據"，則固已不快矣。其下卽言"與後章素其位之素，不應頓異"，則似未定之辭。

而又其下乃引《藝文志》所言，而以顏氏之釋，謂"二字之義旣明，而與行怪二字語勢相類，其說近是"。末乃斷之曰"當時所傳本猶未誤，至鄭氏時，乃失之耳"，至此而無復餘疑矣。至於答黃書之作素字，又未知其必在《章句》、《或問》之後，而亦豈可舍此而取彼耶？

14. 第十二章

14-1

此章以前十章，皆言中庸，以明首章之義。而至於此章，不復言中庸，而特言費隱者，何也？中庸、費隱，言雖不同，君子之道，不外乎中庸。則言中庸處，可作費隱看；言費隱處，可作中庸看耶？抑中庸自是一義，費隱自是一義，而不可以強合爲說耶？

臣對曰：朱子於十一章下，言"子思所引夫子之言，以明首章之義者止此"，又於此章下，言"子思之言，申明道不可離之意"。而《讀法》及《章句》，皆於此分節，則論中庸者，止於前章；而說費隱者，始於此章。蓋中間十章，極論君子中庸之事，皆道之用，故又將由用以推體，拈出“費隱”二字，皆所以明夫中庸之道也。

中庸、費隱，言雖不同，費隱所以明首章之道字，而是道也卽中庸之道， 則烏有外中庸而可以言費隱，外費隱而可以言中庸者耶？ 是故語字義，則中庸自一義，費隱自一義；而語其道，則中庸是費隱，費隱是中庸也。 此非可以强合也，乃其自然相脗者也。

14-2

費、隱皆形而上之道也。 然論理者必曰所以然， 而<u>朱子</u>於說費處，不曰所以然，而於說隱處，獨曰所以然者，何也？

臣對曰：形而下者甚廣，而形而上者，實行乎其間，無物不具，無處不有，斯所謂費也。 就其中，形而上者，至爲微密，有非視聽所及，斯所謂隱也。 而總而論之，皆形而上之道也。

然而<u>朱子</u>於說隱處，必曰所以然，而於說費處不曰所以然，蓋費者斯道廣大之用，而昭著徧滿於天地之間，則非可以所以然三字言之者，而至於隱，則道之所以然而隱微不見處也。 此所以下語之不同也。

14-3

“活潑潑地”[35]四字，本出<u>松溪</u> <u>無垢子</u>《心經》， 又<u>宗杲</u>云“不

---

35 活潑潑地：무구자(無垢子)의 《마하반야바라밀다심경(摩訶般若波羅密多心經)》

用安排, 不假造作, 自然活潑潑地". 故明儒楊愼以爲: "僧家之活潑潑, 豈儒者說經而可有此? 至於尹和靖則人有問'程子所謂活潑、精魂, 不知當時有此語否?', 和靖云'是學者不善記錄'." 而後儒因謂"此出《龜山語錄》. 龜山之學, 本近於禪, 故所錄程說, 往往以己意傅會", 則朱子之必引此說於《章句》之中者何歟? 豈其語雖出禪家, 其於發明吾儒之學, 有不可廢者存歟?

臣對曰: 程子所謂"喫緊爲人處, 活潑潑地"者, 所以贊歎鳶飛魚躍數句語也. 蓋道之流行, 發見於天地之間, 無所不在者, 本自活潑潑地; 聖賢開示切要, 欲使學者洞見道體之妙者, 亦是活潑潑地. 此四字乃是無垢、宗杲輩之所嘗道者, 故楊愼以爲"僧家之活潑潑, 非儒者之言", 尹和靖以爲"程子所謂活潑、精魂, 是記錄之不善", 而後儒謂"出於《龜山語錄》, 龜山之學, 本近於禪, 故所錄程說, 多有傅會者".

而朱子嘗曰: "活潑潑地, 此但俚俗之常談, 釋氏蓋嘗言之, 而吾亦言之, 彼固不得而專之也. 況吾之所言, 雖與彼同, 而所形容, 實與彼異, 是安可同日語哉?" 蓋語雖出於禪家, 而可以發明吾儒之言, 則吾亦言之. 如常喚主翁, 本出於瑞巖, 光明寶藏, 元在於《貝葉》. 而自程、朱以來, 便作吾儒之妙訣, 又何害

에는 '活鱍鱍地'로 되어 있다.

乎？此朱子所以必引此說於《章句》之中，而使讀者致
思，以至於分明快活底境界也。

15. 第十三章

此章所謂君子之道，卽五倫，而五倫之中，夫婦居一。是故
以五倫言之，則君子之道五，而夫子則謂之以四而不言夫
婦者，何也？

費隱章，特言"君子之道造端乎夫婦"，則尤爲切己，誠
如朱子之論。而此章之不言，必有以然，願聞之。

臣對曰：五倫之不可廢一而言，猶五行之不可偏舉，五
性之必欲備論。而以其尤爲切己而言，則夫婦之際，隱
微之間，尤見道不可離處，是故上章特言造端之義。而
此章言君子之道四，於五倫之中，獨不言夫婦者，竊意
夫子此言，非爲五倫而發，專言反己自責之道，則五者
之不備，非所嫌也。且以文勢言之，父子、君臣、兄
弟、朋友，則皆可以言所求、言以事·先施，而至於夫
婦，則難用此例。此所以止於四者也，豈別有所以然
乎？

16. 第十四章

此章文義，《或問》謂"無可疑者"，然其論侯氏所辨常總之
說，終有不能釋然者。彼佛者之妄以吾言傅着其說者，誠有
掣肘，而但以吾言設疑而問之曰"得是得箇甚"，則亦何害

耶？況得者無所不足於吾心之謂，則得之一字，亦豈非可問者耶？抑不曰"得者，何謂也"，而必曰"得箇甚"者，非吾儒之言，而卽佛者之話法耶？

臣對曰：佛者之妄以吾言傅着其說，如墨者之援儒而入於墨，則其指意之乖刺，固可笑也。若常總"得是得箇甚"之問，侯氏辨之當矣。而但以吾言問之，則亦何不可之有哉？是故朱子以侯氏所自爲說者，謂"却有未善"，而爲之答曰"得者無所不足於吾心而已"，而謂"其明白眞實，足以服其心。"則朱子之意，非以得字爲不可問也，特惡其傅着之習耳。且使以吾言問之，則當曰"得者何謂也？"，而得箇甚之話法，是其本套耳。

17. 第十五章

行遠自邇、登高自卑之意，只以妻子、兄弟明之者，何也？五倫之中，君臣、朋友之道，豈獨爲高遠之事耶？抑十三章，旣曰"君子之道四"，故此章則略言之耶？

臣對曰：此章之旨，子思因言行遠自邇、登高自卑，而引《詩》及夫子贊詩之語，以明其意，非以五倫言之也。且兄弟、妻子，乃是一家之內，日用常行之事，則比諸君臣、朋友，尤爲切近，豈非自邇、自卑之道乎？蓋堯、舜之道，孝弟而已；文王之御家邦，亦惟曰"刑于寡妻，至于兄弟"而已。則子思之引此詩，以及夫子之言者，可謂深切著明矣。 若曰十三章旣云"君子之道四"，故此章略言之，則恐未必然。

18. 第十六章

18-1

不曰"鬼神之德"，而必加"爲"字於"德"字之上者，何也？鬼神者非理也，卽氣之靈者，故朱子以性情、功效釋德字。而今若論以文勢，則必曰"鬼神之德"，然後方可謂鬼神之性情、功效。而旣曰"爲德"，則亦當釋以鬼神之爲性情、功效，此成甚說話耶？且性情、功效，專屬德字，而朱子竝擧爲字而釋之曰"猶言性情、功效"者，何也？

臣對曰：只曰"鬼神之德"，於義亦無不可，而但語勢急迫，少紆餘委曲之意。故聖人之言，每舒緩而通暢，只曰"中庸之德"可矣，而必曰"中庸之爲德"也；只曰"回也"可矣，而必曰"回之爲人"也。今只讀了"鬼神之爲德其盛矣乎"，則可知其辭氣之自不能不如此矣。

鬼神乃陰陽之靈，故《章句》以"性情、功效"四字，竝擧其體用，以釋德字。而若不竝擧爲字而釋之，則是眞釋以鬼神之爲性情、功效也，其可乎？必竝擧爲字而釋之，然後乃爲鬼神之性情、功效，而於義無所不通。朱子於此權衡審矣。

不然則性情、功效，專屬德字，以《章句》之一字加減不得，夫豈泛及他字而苟然下，得乎？不但竝擧爲字之爲妙，"猶言"二字，亦襯切不差，若直曰"性情、功效"，或代以他字，皆未穩當，惟曰"猶言"，然後爲無弊耳。

18-2

德字之見於他經傳者，姑舍是。《中庸》中許多德字，莫非理也。而此章則獨以氣言之者，何也？朱子旣以性情、功效釋德字，又曰："性情乃鬼神之情狀，能使天下之人，齊明盛服，以承祭祀，便是功效。"又曰："視不見、聽不聞，是性情；體物而不可遺，是功效。"又曰："性情便是二氣之良能，功效便是天地之功用。"**36** 以此見之，則鬼神之性情功效，豈非氣一邊乎。

然朱子又以鬼神之德，爲實然之理，旣曰"實然之理"，則此德字似當以理言，皆是朱子之論，而不能無矛盾者，何也？ 抑《大全》、《語類》之說， 與《章句》有初晚之別而然耶？

臣對曰：朱子以性情、功效釋爲德， 而又有許多分釋性情與功效之言。 然則德字之見於他經傳及《中庸》中者，皆理也。 而至於鬼神之德，則異乎他德字。 蓋鬼神，是氣也非理也，故其德字，亦以氣言之者也。

---

36 功效便是天地之功用 : 저본에는 '功效便是天地之功效'로 되어 있으나，《주자어류(朱子語類)》와《사서몽인(四書蒙引)》을 근거로 바로잡았다.

至於以鬼神之德，爲實然之理，又以張子所謂良能，爲理之自然，則朱子之意，蓋以爲"屈伸、往來者氣也，而其所以屈伸、往來者理也"，程子所謂"屈伸往來只是理，不必將既屈之氣，復爲方伸之氣。生生之理，自然不息"者，是也。

朱子又嘗辨游、楊鬼神之說曰："不知其於是理之實果何如也。"此亦以理言之。而有是理便有是氣，有是氣便有是理，則不可以此而疑其矛盾也。

18-3

鬼神之視不見、聽不聞，體物不可遺，卽氣之幽顯，非道之費隱。而朱子直以不見、不聞爲隱，體物、如在爲費者，何也？

臣對曰：視弗見、聽弗聞，鬼神之微也；體物不可遺，鬼神之顯也。是鬼神之費隱，非道之費隱。而《章句》曰："不見、不聞隱也，體物、如在則亦費矣。"子思之意，以鬼神之微顯，明道之費隱；而朱子之意，又以道之費隱，釋鬼神之微顯也。

19. 第十七章

此章之說，已悉於《或問》中。而"顔子雖不得壽，可謂死而不朽；孔子雖不得位，可謂天固培之"，則楊氏[37]、侯氏之說，不害爲反覆發明，而朱子之深非之者，何也？後儒之以

過奇險怪，指斥朱子之解經，誠妄矣。而朱子所論，亦或有
更合商量者耶？

　　臣對曰：侯、楊所論之得失，《或問》中備論之，無容
　　更議。而今以吾儒之言言之，則只當曰"必得者理之常
　　也，不得者非常也。顏子之不得壽，孔子之不得位，皆
　　不得其常者也"，固不當又爲之異說以汩之也。
　　　　楊氏則援老聃之言而以爲"不亡者存"，侯氏則變其
　　前說而以爲"天固培之"，是不得爲反覆發明之善者，而
　　惡得免朱子之斥哉？
　　　　至若後儒之"過奇險怪"云者，正自道也。夫以朱子
　　之言與二子之說而觀之，則孰爲過奇險怪哉？ 而反以
　　此指斥朱子，多見其不知量也。

20. 第十八章
20-1
孔子於舜，則曰"必得其名"；於武王，則曰"不失天下之顯
名"。而饒氏以此兩句下語之不同，謂由於性之、反之之異，
此說果何如？ 不失則得矣，不但曰"其名"，而乃曰"顯名"，
則舜、武之聖，雖有性之、反之之別，兩句語意，何嘗有差
殊之可論者耶？

37　楊氏：저본에는 '謝氏'로 되어 있으나,《중용혹문》을 근거로 바로잡았다.

臣對曰：反之不若性之之純，征伐不若揖遜之順，則夫子之曰必得、曰不失之語意斟酌，誠有如饒氏所論。而不但此也，乃有朱子之定論。其言曰："不失顯名與必得其名看來，也是有些異。如堯、舜與湯、武，眞箇爭分數有等級。只看聖人謂《韶》'盡美又盡善'，謂《武》'盡美未盡善'處，便見。"眞是不易之論也。

20-2

此云"武王未受命，周公成文、武之德，追王大王、王季"。而《大傳》則曰"武王於牧野，旣事而退，追王大王亶父、王季歷、文王昌"，《武成》則丁未祀于周廟，其告庶邦冢君曰"大王"、"王季"，《金縢》之冊祝，則曰"若爾三王"。《大傳》之說，尙可諉之於傅會，《武成》之稱，亦可歸之於追書。而至於《金縢》之冊祝，卽周公所命之辭，則同出於經者，《中庸》、《尙書》之若是不同，何歟？

臣對曰：追王之說，以見於《禮記》及《周書》者言之，則乃武王之事，而此章所言，有若周公之事者然。此不可不辨者也。蓋此章之意謂"武王晚而受命，追王文王。周公又因文王之孝、武王之志，追王上及大王、王季。又推大王、王季之意，上祀先公以天子之禮"，其實皆武王之事也。不言武王追王者，禮制定於周公故也，然則《中庸》與《大傳》、《武成》、《金縢》大意，未嘗不合矣。

但《中庸》則旣王文王，而又王大王、王季，又上祀先公。其禮夏、商之所未有，而周公特以義起，搜剔出來，立爲定制。故特表而出之，以爲"周公成文、武之德"。而《大傳》則牧野之後，卽舉追王之禮。此爲小異，而亦不無傅會之疑。

若乃《武成》則蓋史官追書刪潤之辭，如大王以上，追王不及，而稱后稷爲先王，則容有未可盡以爲據者。然其爲武王之事則同矣。且《泰誓》三篇，皆稱文考。而至《武成》柴望，然後稱爲文王，又稱爲大王、王季。則尤可以驗《中庸》之本意矣。

21. 第十九章

十七章，語大德受命之事；十八章，言積累纘述之事，而皆不拈出治國二字而言之。至此章之末，始言治國，以結一章之意者，何也？

臣對曰：十七章，語大德受命之理而已；十八章，言積累纘述之序而已。雖分爲各章，皆相承爲文。歷序舜、文，以及武王、周公，而語勢未已，則固不當遽及於治國二字也。至於此章，則極言繼述之孝，末乃及於郊社之禮、禘嘗之義，而無復餘蘊，則治天下之道，蓋已具於此矣。故結之曰"明乎此者，治國其如示諸掌乎"，此立言之體也。

22. 第二十章

22-1

《爾雅》曰“蜾蠃蒲盧”，今之細腰蜂也。此章舊註曰：“蒲盧是蜾蠃名。”而《章句》取沈存中之言，以爲“蒲葦”。然後儒以其無所據而多疑之，且引《家語》爲證曰“夫政也者，蒲盧也，待化而成”云，則政與蜾蠃之祝而化之相似。

若謂之“蒲葦”，則蒲與葦，元非一物，且盧與蘆字本不同云云。此說綽有考信，而朱子之不取舊註，必取沈說者，果何故歟？《或問》以蜾蠃爲他無所據，豈以《爾雅》爲不足據耶？

臣對曰：蒲盧之辨，《或問》已盡之矣。而朱子既以爲“果蠃他無所考，且於上下文義，亦不甚通。惟沈說與敏樹之云者相應，故不得而不從耳”，朱子於此，豈無取舍之意乎？《夏小正》之傳，有“蛋者蒲盧也”之言，而朱子以爲“不足據信”，則《爾雅》所謂果蠃，亦安知非後世附合之筆耶？

若夫《家語》所謂“待化以成”，則雖以蒲葦言之，亦無不通。況朱子以《家語》爲後世之書，則亦何可據以爲決耶？雖曰“蒲葦非一物”，而既皆易生之物，則恐亦不害於義；雖曰盧與蘆異，而古文本多省畫，又不可以此決其不然也。惟求之以文義，果蠃則推說不去，蒲葦則語勢相接，此朱子所以廢舊說而從沈氏也。然朱子又以爲：“此等瑣碎，既非大義所繫，則姑闕之可也，何必詳考而深辨?"此可爲讀書者之法。

22-2

親親、尊賢、等殺, 卽仁、義、禮, 而獨不言智者, 何也? 下文之知人、知天, 卽所謂智, 而通上下文而言之, 則可謂備言仁、義、禮、智之德歟? 抑知覺爲氣之靈, 智爲性之貞, 則知不可以謂智歟?

臣對曰: 仁、義、禮、智, 或有偏擧處, 而此則不然。言仁言義, 繼又言禮, 而其下自君子不可不脩身, 推而至於知人知天。此則所以言智而明爲仁之端在於智也, 是乃自然之序也。

蓋有仁, 便有義, 禮又節文斯二者, 而乃天理之自然, 不是人安排。故推言事親、知人而歸宿於知天, 非智不能知也。下文達德, 便是事親之仁、知天之智, 則此豈非備擧仁、義、禮、智之德乎? 知天之知, 與禮智之智雖異, 而惟智然後知, 則此可以屬智, 況又有三達德之智乎?

22-3

知、仁、勇三達德, 朱子以爲"天下古今所同得之理", 而知底屬智, 行底屬仁, 又是朱子之論。則知、仁固是同得之理, 而至於勇, 五性之中, 屬於何者, 而亦爲同得之理歟?

臣對曰：三達德，朱子既以爲同得之理，而又曰"知底屬智，行底屬仁，勇是勇於知、勇於行"，"仁、智了非勇，便行不到"，卽此已是無餘蘊矣。如可以勇而屬於五性，則朱子既以知屬智，行屬仁，何故不曰勇屬某性耶？

蓋勇是勇於知、行，知之透徹、行之成功，便是勇，則不待分屬，而固已具於仁、智之中，而兼乎仁、智之工矣。至於爲同得之理，則朱子既以此釋三達德，又何疑乎？

22-4

誠之爲一篇樞紐，《或問》已備言之。而自首章至十五章不言誠，而鬼神章始言之；自十七章至前章不言誠，而此章又言之者，何也？且鬼神章則只言一誠字，此章則重言而復言之者，何也？

臣對曰：誠者，眞實無妄之謂。《中庸》之一篇大旨，不外乎誠之一字。故朱子以爲此篇之樞紐，而於《或問》，特詳言之。

蓋自天命之性，至於無聲、無臭，無非發明實理之本然，欲人之實此理而無妄。而於鬼神章，始露出誠字，此是因造化陰陽之氣，而明造化陰陽之理，爲自此以後言誠之張本。至於此章，包費隱、兼大小，而又以誠字極言之。蓋其不言誠處，無非誠之意，而言誠處，

皆爲該括上下言外之意，此所以如戶之樞、如衣之紐，
而黃氏所謂着一誠字鎖盡者也。

　　且鬼神章，專說鬼神，是以天道言，故只以一誠字
言之足矣。而至於此章，則說許多事，末乃言誠身工
夫，乃是人道。故用許多誠字，總言天道、人道，又以
爲下文分說之張本，此所以詳畧之不同也。

23. 第二十一章

此章之性、敎，卽性之者也，卽學者事也。而此二字，實本
於首章，則眞所謂"同中有異，異中有同"者，而朱子只謂之
不同，何也？

　　胡氏所謂"此性卽天命之性也，此敎卽修道之敎"者，較
詳於朱子之說耶？

　　臣對曰：此性、敎二字，雖本於首章，而其義則不同。
蓋天命之性，人物同賦之理，而此性字是性之者也，聖
人之所獨也。脩道之敎，聖人品節之事，而此敎字是
由敎入者也，學者之事也。謂之性者，全於天之賦予；
謂之敎者，成於己之學習。則雖謂之同中有異，異中
有同，亦可也。而朱子之只謂不同者，以其所指之各
殊也。胡氏之說最詳，可謂善發明朱子之意矣。

24. 第二十二章

人物之性，同歟異歟？若謂之異，則此章之三性字，皆是本

然；三盡字，皆是一義，何以見其異耶？若謂之同，則雖曰盡物之性，聖人不能使物做人底事，何以見其同耶？同異之間，願聞明的之論。

臣對曰：朱子曰：“天以陰陽五行，化生萬物，人物之生，因各得其所賦之理。”又曰：“萬物皆只同這一箇原頭。”又曰：“人物之性，亦我之性。但以所賦形氣不同而有異耳。”以此觀之，性之無不同，更無可疑，而此章所謂盡己、盡人、盡物，皆是一義也。

至於氣有通塞之不同，則有人物之異。故人做得底，却有物做不得底，聖人所以盡之者，只是知之無不明，而處之無不當。人有可開通之理，則教化去開通他，使復其善，物無可開通之道，則且隨他所明處使之。此則由於形氣之不同，而聖人所以處之，各當其理者也。朱子所謂理一而分殊者，豈非不易之論耶？

25. 第二十三章

致曲之曲字，考之字書，無偏字義。而朱子以一偏釋之者，何也？雖以文義言之，上句之義，果是推致其一偏，則下句承之以致能有誠，然後可包得曲字意。而乃曰“曲能有誠”，只言一曲字，而謂之以能有誠者，果於文義通乎？

游氏曲折之說，恐於字義、文義，俱爲穩當。而朱子駁之以非本意，此亦以只好隔壁聽之故耶？

臣對曰：曲字雖於字書，不訓以偏，而亦有偏曲之義，如《詩》所云"彼汾一曲"，亦謂一偏也。朱子之必以一偏，釋此曲字者，蓋以上章言聖人之事，此章言其次，則是學而知者之事。而學知之事，必因其善端發見之偏，一一推致，以至乎其極，使其薄者厚而異者同，然後有以貫通乎全體而復其初，孟子所謂"擴充其四端"，是也。蓋曲不是全體，只是一偏也，就一偏之善，推而致之，則德無不實，而形、著、動、變之功，自不能已矣。

至於不曰"致能有誠"，而曰"曲能有誠"者，泛論文義，似若不通。而但古文語簡，不似後世，既曰"致曲"，而卽接以曲字，則致曲之義，未嘗不在於其中。若曰"致能有誠"，則雖若通暢，而論以文體，恐不無穿鑿之病矣。且自上章至于此章，因上文而又起下文，自成義例，既曰致曲，則不應獨捨曲字而拈取致字，雕琢以成文也。若所謂"曲折而反諸心"之說，於字義雖通，而於文義，亦太巧險，未免侯生之隔壁，則此朱子所以不取於游氏者也。

26. 第二十四章

此章前知之說，恐上不承於前章之義，下不接於後章之旨。何以言之，則可明其承接於上下耶？

臣對曰：朱子曰："此書之例，皆文斷而意屬。"今讀之信然。惟此前知之說，若無上下之承接，然細察之，則意未嘗不屬，蓋承上章著明變化之言，而起下章誠者自成之義者也。

夫至誠之前知者，非明之至而能化者，不足以與於此。故至誠能化之下，即發至誠前知之言，此則上承也。物之所以自成者，由於以實心察實理，不假人爲而無所不成，故前知如神之下，即有誠者自成之文，此則下接也。若以此義通上下章而讀之，則文雖斷而意實屬矣。

27. 第二十五章

"成物知也"之知字，既與仁字相對，則當以智字看歟？抑既曰"知"，而不曰"智"，則不當以智字看歟？

臣對曰：此知字雖不以智字書之，而古文仁智之智，多以知字書之。且與仁字對說，則非智而何？又章下以知爲去聲，則其爲仁智之智而非知識之知可知。此則恐無可疑。

28. 第二十六章

"振河海而不洩"一句，政好講究。蓋水之爲物，不洩則滿，滿則溢矣。自有天地以來，萬川歸海，而海則不溢。此果何理？

尾閭、沃焦之說，殊涉不經。而朱子往消來息之論，反有取於此者。地下與四面，海水周流，地浮水上，又是朱子之說也。由前之說則海水洩，由後之說則地不振海，與子思之言，一切相反。

未知昭昭之多、一撮之多，皆不可以辭害意者，則振而不洩，亦此類。而其實則地浮水上而不可謂振，尾閭洩之而不可謂不洩耶？

臣對曰：水之滿則溢，自是常理。而海之不擇細流而終古如一，亦是固然之理也。今夫七八月之間，雨集則溝澮皆盈，以水注器則多便潰溢，此卽滿溢之理。而至於海則包括四方，與天無極，蓋有萬古不盡之量，夫豈若滿而輒溢者哉？是故古人語海之量曰“百川皆歸而不加益，萬古長流而不加損”，蓋非蠡酌之見所能測也。

尾閭、沃焦之說，出於《莊》、《列》之弔詭。而朱子著之於《楚辭》之解者，所以廣異聞而備參考也。且往消來息之論，非以此說爲可取也。蓋天地間消息之理，固是自然不已者，則此夫子所以有川上之歎，而朱子所以謂“往者去、來者續，無一息之間斷者”也。《詩》云“維天之命，於穆不已”，凡晝夜四時之循環運轉，一息不停，皆此理也。至於海，何獨不然？

且所謂地浮水上者，以海水之環繞四面，而地中又自有水。故以是爲言，此卽雞子之喩也。今若以尾閭、歸墟之說，反疑不洩之語；以地浮水上之說，又謂振海之非，則烏可乎哉？乃若子思之意，則只就地之極廣厚處，言其莫重於華嶽而能載，莫大於河海而不洩也。如以辭而已，則地之自一撮土而及於廣厚者，庸有是理乎？故讀此章者，只舉不貳、不息之全體，而見其氣象、功效之盛大，則可得聖經之旨矣。若夫六合之外，則雖存而不論，亦未爲不可也。

29. 第二十七章

29-1

此曰：“禮儀三百，威儀三千。”《章句》釋禮儀以經禮，釋威儀以曲禮。今按禮書，逐段理會，則三百與三千，可以一一分屬耶？

　　臣對曰：此章之言“禮儀三百，威儀三千”，蓋承上文“峻極于天”之意，而言道體之優優者，散於禮儀之末，至於三百三千之多，而至精至密，無物不有，蓋入於至小而無間也。此即《禮》所謂“經禮三百，曲禮三千”，而前章所謂語小天下莫能破之意也。

　　今以禮書考之，則經禮如冠、昏、喪、祭、朝覲、會同之類，曲禮如進退、升降、俯仰、揖遜之類。而就其中論之，則冠禮有士冠禮、諸侯冠禮、天子冠禮之類，大節有三百條，如始加、再加、三加之類，以至於坐如尸、立如齊之類，皆是其中之小目，又有三千條。先儒之論，不過如此，而未嘗有一一分屬之說。只曰至小而無間，則今何敢强爲之分排耶？

29-2

尊德性也、道問學也，此二句，政合玩究。尊之之工，道之
之方，可以詳言耶？性欲尊之，却欠穩藉，學安由乎？恐沒
把捉，此亦明言之。

臣對曰：尊德性、道問學二者，修德、凝道之大端。而
聖賢所示入德之方，莫詳於此，此朱子所謂"學者宜盡
心焉"者也。夫德性者所受於天之正理，而尊者恭敬奉
持之意，則尊之之工，其不在於"存心"二字乎？問學者
問得、行得之事，而道者由之之意，則道之之方，其不
在於"致知"二字乎？蓋以本文而言之，則致廣大、極高
明、溫故、敦厚，此是尊德性也；盡精微、道中庸、
知新、崇禮，此是道問學也。

固已十分明白，而程子所謂"涵養須用敬，進學在
致知"，朱子所謂"存心而極乎道體之大，致知而盡乎道
體之細"者，又是發明親切者也。且敬以存心，則其尊
之也，無不穩藉；學先致知，則其由之也，豈沒把捉。

29-3

性上加一德字，說得無幾於太重？學上又加一問字，話勢
恐歸於架疊。聖人立言之微意，切欲聞之。

臣對曰：程子曰："德性者，言性之可貴，與言性善，其
實一也。"此言性字上加德字之所以然也。游氏曰："非

問以辨之，則擇善不明。"此言學字上加問字之所以然也。蓋道之在我者德性，則斯可貴矣，豈不尊之乎；善之取人者問學，則斯可先矣，豈不道之乎？以此觀之，則可見其下字之不苟，而立言之有意矣，豈可謂太重而架疊乎？

29-4

致廣大、極高明、溫故、敦厚此四段，屬於尊德性；而盡精微、道中庸、知新、崇禮此四段，屬於道問學。《章句》、《或問》，以此言之詳矣。但溫故似屬道問學，而今必屬於尊德性，何也？

崇禮似屬尊德性，而今必屬於道問學，何也？

至於道中庸之屬於道問學，尤不勝憤悱。蓋知行之無過不及，道體之至大至小，莫不包在於中庸二字之中，則此二字恐不當偏屬於知，謂之以小。而《章句》所謂"致知之屬，道中庸居其一焉"，《或問》所謂"一句之內，皆具大小二意"者，亦所以發明《章句》中"大小"二字之意。

若以首一句義例推之，則其下四句之分屬於尊德性、道問學，誠如朱子之論。而中庸二字之偏屬於知一邊，而謂之以"道之小"者，終有究解不得者。況中庸之中，實兼中和之意，則尤宜以道中庸屬之尊德性，而朱子之論如此，此豈非憤悱處乎？願與諸君子明辨之。

臣對曰：朱子以尊德性、道問學爲綱領。而以下四句之上一截，屬之尊德性；下一截，屬之道問學，其義例分明，無復可疑。

而至於溫故宜屬於道問學，而屬於尊德性；崇禮當屬於尊德性，而屬於道問學，抑有不可不明之者。蓋溫故雖學問之事，而以涵泳爲主，則是存心之屬，而下截知新，乃可以屬於道問學也；崇禮雖據德之事，而以理會爲義，則乃致知之類，而上截敦厚，爲可以屬於尊德性也。

若夫道中庸之屬於道問學，則尤有可疑。夫中庸二字，是何等題目，而今乃偏屬於知一邊，謂之以"道之小"，何也？蓋中庸之中，實兼中和之義，而此對高明而言，則只爲行事之無過不及也。極高明，是言心之不爲私欲所累，而纏着道字於中庸之上，則分明是學底事。

心旣高明，而又於處事之際，恁地細密，不使有過不及之謬，則此眞致知之事。且道中庸之道字，政與"道問學"之道字相應，而屬於下一截，則其於大小相資，首尾相應之義，尤爲脗合。默體而深味之，則子思立言之意，朱子誠得之而洞然無可疑者矣。

29-5

尊德性以下四句，皆曰"而"，而獨於末一句，不曰"而"而曰"以"者，何也？胡氏所云"重在下股，重在上股"之說，驟看則似矣。而《或問》曰："溫故然後有以知新，而溫故又不可

不知新；敦厚然後有以崇禮，而敦厚又不可不崇禮。”以此
究之，則“而”字、“以”字，雖各不同，溫故、敦厚兩句之義
例，則彼此一般。

況“非存心，無以致知。而存心者，又不可以不致知”云
者，卽《章句》之說，而乃所以統論五句者，則胡氏之分而二
之，以證其上下股之說者，恐不免差謬矣。此雖一字，不可
以不明之。願聞的論。

臣對曰：尊德性以下四句，皆着而字於中間，所以明存
心、致知之爲兩事，而亦所以明先後相因之義也。至於
敦厚、崇禮，則不用此例，而變下以字。胡氏之說，亦
不可謂無所據，而以《章句》、《或問》之義例觀之，則
初無所差殊。況《章句》所言，乃所以統論，則胡氏之引
此而分證上下股之義者，未知其果合於本旨矣。

臣嘗疑於是而不得其說，妄以朱子之言，有所隱
括。朱子嘗論此末句曰：“厚是資質朴實，敦是愈加厚
重，培其本根。有一般人實是敦厚純朴，然或箕踞，不
以爲非，便是不崇禮，若只去理會禮文而不敦厚，則又
無以居之，所以忠信之人，可以學禮。”

詳其語意，則蓋以爲“朴厚者，不可不崇禮。而若
只崇禮而不敦篤其所已能，則又無以爲本，必須愈培
其根”，是其互資而相須者，尤有切於以上諸句。故特
下一以字，以示其意，非如他句“而”字之只爲存心，不
可不致知之意而已也。若以此說而謂之“重在上股”，則

其亦庶乎其可也。

29-6

此曰"溫故而知新"，謂"舊知之中，更求新味"之謂耶？抑故
字、新字，當作兩截看耶？

臣對曰：《章句》釋溫故曰"涵泳乎其所已知"，釋知新曰
"理義則日知其所未知"。胡氏曰："故之中有無限新意，
不學則不能知新，雖溫故，亦不能盡精微。"張子曰：
"多識前言往行以畜德，繹舊業而知新，益思昔未至而
今至之，緣舊所見聞而察來。"游氏曰："所以博學而詳
說之也。"

此數說，皆謂舊知之中，更求新味，蓋爲其義理之
無窮，而亦當有活看者。如舊知者在《詩》，則只溫這
《詩》，而更不求知於《書》；舊知者在《禮》，則只溫這
《禮》，而更不求知於《易》，可乎？然則雖作兩截看，
恐未爲不可。

29-7

尊德性以下十段，聖人之功化，就何段可考？學者之做工，
從何句着力耶？

臣對曰：此十段，凡五句。上一截存心之屬，是渾淪處；
下一截致知之屬，是細密處，大小相資，首尾相應。論

其大綱領，則乃尊德性、道問學，而此二者，又不可廢
一，則聖人之功化，固不可偏指何段。而學者之做工，
亦豈可獨拈某句乎？

29-8

尊德性，行也；道問學，知也。而聖人立言之行在知先，有
若煞示較重、較輕之別者然，此果何義耶？然則知不在行
先，可乎？陽明之惹生別意，無或在於此等處耶？

臣對曰：以次序而言，則知在行先，而以輕重而言，則
行在知先，聖賢立言，多有此例。而至於尊德性、道問
學，則《章句》只以存心、致知爲言，而未嘗言知行二
字；《或問》多引諸說，而亦未嘗分言知行。胡氏又詳
辨朱子所以不曰"力行"，必曰"存心"之故，而又以爲"不
必於其中，又分知與行。若致知工夫，其中却自兼行而
言"。蓋謂之非存心，無以致知則可；而謂之非力行，
無以致知則不可。

且存其心體之本然，而極乎道體之大者，未便到
行字上工夫。故《章句》、《或問》，不少概見，以此言
之，則恐不必以知行言矣。朱子曰："五句，上截皆是
大綱工夫，下截皆是細密工夫。"且以道之大小爲言，
則聖人立言之先後，自有其序矣。至於陽明之惹生別
意，蓋有此鵝湖一派之學，而朱子以爲"看得義理，全
不仔細，又別說一種，杜撰道理"，則《章句》所謂"存心

者又不可以不致知"者，正恐有此等弊耳。

30. 第二十八章

30-1

"生乎今之世，反古之道"，謂不可，則爲學不必做聖人，爲治不當期三代耶？此章本旨，須明白言之。

臣對曰： 此章承上章"明哲保身"之意，而引孔子之言，以爲"無德無位，而自用自專，生今之世，而欲復古道者，烖必及身"。蓋爲愚賤者，不可作禮樂，而不聽上之所爲，不遵當代之法，妄欲反用古道者之戒也。豈謂爲學而志聖人，爲治而期三代者耶？

夫爲學而不志於聖人，則是自暴、自棄者也；爲治而不期於三代，則是利蕳、樂亡者也。故惟恐其志之不銳、其行之不篤，志聖人，期三代而烖及其身，非臣攸聞。

30-2

此曰："雖有其位，苟無其德，不敢作禮樂。"然則人君之德，未到聖域者，禮樂征伐，皆將不得自己出耶？

臣對曰： 此亦承上文而言"必聖人在位，然後作禮樂，有位無德而作禮樂，愚而好自用者也；有德無位而作禮樂，則賤而好自專者也。故皆不敢作禮樂焉"，其本

旨如斯而已，豈謂人君之德未到聖域，則禮樂、征伐
不得自己出乎？

夫禮樂、征伐，人君之大柄也，是故自天子出者，
治世之象也；自大夫出者，亂世之事也。此天下之大
防，而萬古之大戒也。且作禮樂者，制禮作樂之謂也，
故必有位、有德者，然後可以當之。至於自天子出之
禮樂、征伐，則制度、威權之在上而不可下移者也，豈
可以禮樂二字之相同而比論之哉？

31. 第二十九章

31-1

夏、商之事，雖善無徵；孔、孟之言，雖善不尊，均之爲人
不信而民不從，則所以可徵可尊之方，當何求得耶？

臣對曰：上焉者以時言，則夏、商之在前也；下焉者
以位言，則聖人之在下也。夏、商之禮，非不善矣，而
於今有無徵之恨；聖人之德，非不善矣，而於位有不尊
之歎，則其爲不信而不從也同矣。若夫可徵而可尊者，
其惟時王之制乎。

是故孔子既不得位，而杞、宋又不足徵，則亦惟
曰：「吾學周禮，今用之，吾從周。」從周者，蓋以今用
之之故，則此所以爲聖之時者也。豈惟周爲然？可徵
可尊之方，莫不在於當其時而爲其君者，則爲人上而
使斯民信從者，可不於一善字慥慥乎？

31-2

上段既言無徵不信之故，此又以不悖、無疑爲言，何也？

臣對曰：上段之無徵不信，謂時王以前之禮，不足徵於時而民不信也。下段之不悖、無疑，謂君子本身之道，足以建天地而質鬼神也。蓋夏、殷之禮，當其時而言，則可謂建不悖而質無疑。然而時移事久，文獻不足，則未免無徵而不信。君子之王天下也，亦欲其本諸身，徵諸庶民，而建不悖，質無疑而已。故子思於此段，特以一故字起之，蓋承無徵不尊之言，而極言君子之道，形容聖人功用之大及氣象規模之廣闊處耳。

31-3

質諸鬼神而無疑，與至誠如神之意，同歟異歟？此章鬼神，與十六章鬼神一般。而朱子已於十六章，備釋鬼神之義，則至於此章又復釋之，不嫌重複者，何也？

且既欲釋之，則陰陽之靈，似尤襯切於質而無疑之意，而不以此釋之，只就程子之說，截去天地功用一句，但取造化之迹四字以釋之者，何也？

臣對曰："清明在躬而志氣如神"，此所謂至誠之如神；而"與鬼神合其吉凶"，此所謂質諸鬼神而無疑也。二十四章與此章，雖有天道、人道之別，而君子之道，至於質鬼神而無疑，則苟非至誠如神，能之乎？然則質諸鬼神，與至誠如神，俱是合鬼神之理者也。

此章鬼神，卽十六章之鬼神，而朱子既於十六章，備釋鬼神之義，則此宜略之。而又復釋之者，蓋以經文以建諸天地、質諸鬼神對說，故釋之曰"天地者，道也；鬼神者，造化之迹也"，互對雙解，以明夫參天地之道、質造化之迹也。

且既以道字釋天地，則只以造化之迹釋鬼神，足矣，不必言陰陽之靈而後爲尤襯切。而若不截去天地功用一句，則是眞冗長而重複也。朱子於此豈無意乎？但虛心而默玩則自可得矣。

32. 第三十章

此篇屢引夫子之言，而不言夫子之道，至此章始乃極言之者，何也？夫子所以上律天時、下襲水土之功化，亦當於何取喻耶？

且自二十一章至三十二章，皆論天道、人道，而必於此章，始言夫子之天道者，必有所以然，願聞之。

臣對曰：《中庸》一書，只是明夫子之道，夫子之道乃中庸之道也。蓋嘗總一篇而論之：

第一章，舉一篇之體要，乃夫子中庸之道也，其下皆引夫子之言以明之。至第十二章，又言費隱之道，亦夫子中庸之道也，其下又引夫子之言以明之。自二十一章以下，又承夫子天道、人道之意而反覆推明。至於此章，則一篇將終，故始乃極言夫子之道。其後二章，又明川流、敦化之意，以言聖人天道之極致。末章則復舉一篇之要而約言之，而末段又引夫子之言以終之。

蓋一篇之中，無非夫子之道。而其引夫子之言，乃所以明夫子之道也；子思之言，亦所以明夫子之道也，則三十三章，無非言夫子之道。而特於此章明言之，立言之序，自不得不然也。

夫子聖之時者，而太和元氣也，此非"上律天時"之象乎。夫子東西南北之人，而智則樂水，仁則安土，此非下襲水土之意乎？至於不時不食、迅烈必變，與夫居魯縫掖、居宋章甫，皆其一端也。其所以法其自然之運、因其一定之理者，皆兼內外、該本末而言，則《或問》所謂"由其書，由其行"，而至於仕、止、久、速之皆當其可、用、舍、行、藏之所遇而安，何莫非上律、下襲之義乎？

至若此章之始言夫子之天道，則蓋此天道、人道之分說，本夫子之言也。故自二十一章以後，以天道、人道互舉而迭言之，自二十七章至二十九章，皆言人道，而於其下又將以天道總結之。故乃言夫子之天道，以明夫子之言。蓋言聖人天道之極致，至此而無以加矣。其分合、起結之次第條理，詳密謹嚴如此，先儒所謂"中庸之道，至仲尼而集大成。故此書之末，以仲尼明之"者，不其信乎？

33. 第三十一章

中正與仁義對說，則中是大中之禮，而正是至正之智，周子《太極圖說》盡之矣。此章之言仁義禮智處，中與正合而爲禮。中固禮也，正亦可以爲禮歟？一正字也，而可以爲智，可以爲禮者，必有其說，可得詳言耶？

臣對曰：中、正二字，無所不當，以之言仁義禮智，何往而不通乎？特隨其立言之意而爲解耳。蓋與仁、義對說，則中爲大中之禮，正爲至正之智。此說已具於《太極圖說》中。而此章歷言仁義禮智之德，則又以中、正二字，總屬於禮。蓋天下固無不中之禮，則亦豈有不正之禮乎？且只曰齊、莊而不言中、正，則豈可謂足以有敬乎？惟以齊、莊、中、正幷言之，然後，乃可以爲禮之體，而其用之所施，足以有敬也。

夫禮者，天理之節文而人事之儀則，則非中、正而能之乎？禮者所以辨上下，定民志，則非中、正而能之乎？此游氏所謂"外有以正天下之觀，而建中于民"者也。是故《易》之元亨利貞，卽仁義禮智之德，而中、正之言，無所不該；《書》之水火金木，是仁義禮智之位，而中、正之理，無所不在。然則中字、正字，奚但可以爲禮，可以爲智？以之說仁說義，無所不通矣。

34. 第三十二章

34-1

此章所謂其淵、其天，非特如之而已，則比之上章所謂如天、如淵，似可差殊看。而上章與此章，皆論天道，則又豈有差殊之可論乎？

然《語類》則有表裏觀之訓，《章句》則但曰非特如之云云，而表裏之意，不少概見者，何也？

臣對曰：上章與此章，皆承三十章，言天道。而但上章言小德之川流，此章言大德之敦化；上章言至聖之德，此章言至誠之道。然小德者全體之分，大德者萬殊之本。至誠之道，非至聖不能知；至聖之德，非至誠不能爲，則實非二物矣。

上章曰："溥博如天，淵泉如淵。"此章曰："淵淵其淵，浩浩其天。"謂之如，則猶是聖人與天地相比竝；而謂之其，則與天地爲一矣。此《章句》所以釋之以非特如之而已者也。

蓋聖者以德言也，誠則所以爲德也。德之發見乎外，則日月所照，霜露所墜，莫不知尊而親之，此以人之見其如天、如淵而言也。誠是那裏面骨子實理，則自家却眞箇是其天其淵，故非聰明聖知達天德者，不足以知之，此以自裏觀而言也。是故指發見處而曰"如"，指存主處而曰"其"，語勢則有差殊，而其實則均是聖人之天道也。此朱子所謂"只是以表裏言"者。

而《章句》之不言表裏之意者，蓋旣於如天、如淵之下，言充積極其盛；而於其淵、其天之下，言立本、知化。又備論至聖之德、至誠之道，則表裏之意，已自十分明白，不必更事敷衍也。

34-2

自二十一章至此章，言天道、人道。而二十一章則竝言天道、人道，二十二章則言天道，二十三章則言人道；二十四章則言天道，二十五章則言人道；二十六章則言天道，二十七章則言人道。每以天道、人道，相間而言之，亦必先言天道，而後言人道。則二十八章以下，亦當如此。而自二十八章至二十九章，皆言人道，其下三章，皆言天道，相間之例，先後之序，與二十七章以上不同者，何也？

臣對曰：此篇皆相承爲文，條理分明。而至於自二十一章至此章，則尤井井不紊。蓋繳二十章天道人道之言，而於二十一章合言之，自其下則分兩路說去，先言天道，次言人道，每章相間，未嘗雜亂。

而至於二十七章，則因言人道，而極論入德之方，以及於居上不驕、爲下不倍。而二十八章明爲下不倍，二十九章明居上不驕，此所以三章之連言人道也。

然後極言夫子之道於三十章，以言天道。而小德川流、大德敦化之義，又不可不分說，故三十一章言小德川流，三十二章言大德敦化，此所以三章之連言天道也。

其規模、脉絡，錯綜參互，以相間之例言之，則三章相間，不可謂非例，以先後之序言之，則先言天道以始之，而末言天道以終之者，自是立言之體，不可謂失序。苟非聖人之言，其何能若是深密哉？

然而陳潛室，又以爲“自二十二章言天道、人道，間見迭出，而道理縱橫，說之無盡，如何立定樣範？只合逐章體認”，此又不可廢之論也。

35. 第三十三章

35-1

不厭二字，《章句》無所釋，當依陳氏之說，以人之不厭看耶？果如是說，則文與理皆屬自己，而不厭獨屬於人。雖以文字體段言之，上下三句，恐不當若是之不同。如以自己之不厭看之，則何以爲說，然後可得本文之旨耶？

臣對曰：淡而不厭，簡而文，溫而理，此以闇然日章而言之也。蓋以絅之襲於外，故淡而簡而溫。淡則無味而易厭，簡則質略而不文，溫則渾厚而不理。苟非錦之美在中，則闇然而無日章之實，豈能不厭而文且理乎？然《章句》既不釋“不厭”二字，而陳氏以爲人不厭，陳氏之意，豈亦以文與理屬之於人所見耶？不然則三句之不同，誠有矛盾。

竊意：以自己之不厭言之，則於上下句法，可無相戾，而於本文之旨，庶亦不至於逕庭矣。蓋常情淡薄無味則易厭，而惟其惡文之著而綱以尚之，又有在中之美，則淡而無味，其味最長，豈有厭之之理乎？如使厭之，則必暴於外，而的然日亡矣。

《詩》曰："服之無斁。"斁者厭也，此亦謂自己之不厭也，何嘗言人之見絺綌而不厭耶？是故朱子不釋不厭，而只曰"不厭而文且理焉，錦之美在中"也。

夫不厭而文且理云者，以三者一意而通言之也。若以爲人不厭，則豈不詳說之乎？且朱子曰"淡而不厭，簡而文，溫而理，皆是收斂近裏"，收斂近裏云者，非指人而言，則其文義恐是如此。而朱子既不明言自己，又有陳氏之說，則臣不敢質言也。

35-2

"首章自裏面說出外面，此章自外面約到裏面。"朱子此論，略而盡矣。而但首章與此章，各自有表裏，恐不可謂"首章爲裏、此章爲表"，亦不可謂"此章爲裏，首章爲表"，則朱子之必以此章與首章，謂相表裏者，何也？

臣對曰：陳北溪以爲："首章先說戒懼，後說愼獨，是從內面發出來；末章先說愼獨，後說戒懼，是從外面說入。"此亦可謂善發明。而朱子曰："首章是自裏說出外面，自天命之性，說到天地位、萬物育處；末章却自外面一節，收斂入一節，直約到裏面無聲、無臭處，此與首章實相表裏。"比諸陳氏之言，尤大矣。

　　以此言之，則首章、末章，各自有表裏，似不可謂相表裏。而詳其語意，則以首章之自裏面說出外面，與末章之自外面約到裏面，正相對而首尾相爲表裏也，非以首章爲裏、此章爲表，亦非以此章爲裏、首章爲表而言也。

35-3

"首章所謂'喜怒哀樂未發之中'，卽無極而太極也；此章所謂'上天之載無聲無臭'，卽太極本無極也。"胡氏此言，誠極允當，苟於此見得透徹，說得分曉，則三十三章之微辭、奧旨，庶可以隨處貫通，幸愼思而明辨之。

　　臣對曰：饒氏曰："上天之載，無聲無臭，此便是未發之中，便是天命之性，蓋一篇之歸宿也。"胡氏又以爲："子思首提未發之中，卽周子所謂無極而太極也；末又約而歸之於無聲無臭之天，卽周子所謂太極本無極也。"二說略同，而胡氏所引周子之說，尤爲精微。蓋無極而太極，而太極本無極，則此卽所謂始言一理，中散爲萬事，末復合爲一理也。

　　夫《中庸》，全體、大用之書也。首言一理，中爲萬事，是由體之一而達於用之殊也；末復合爲一理，是由用之殊而歸於體之一也。放之則彌六合，感而遂通天下之故，心之用也；卷之則退藏於密，寂然不動，心

之體也。如既曰無極而太極，則所以說太極者至矣，而
必曰太極本無極者，所以形容乎此理之至極而歸之於
本也。

此篇之始言一天字，而明道之在我者，無不本諸
天；結以一天字，而約而歸之於無聲無臭之妙者，何以
異於是哉？苟使《中庸》之末，而不言無聲無臭，則不
足謂約言一篇之要，如太極而不言無極，則不足爲萬
化之根本也。

是故胡氏又曰："子思始以天地喻夫子，終謂'夫子
卽天地'。且不曰'天地之大'，而曰'天地之所以爲大'，夫
子其卽太極矣乎。"觀此則夫子之所以爲太極，與夫是
書之爲孔門傳授心法，而有合乎太極本無極之理，自
可以默識矣。

至於三十三章之微辭、奧旨，朱子已於《章句》、
《或問》，發盡無餘，學者苟能合始終而參玩之，則庶無
負於子思之意與朱子之敎矣。

御製《綱目》講義條問【辛亥五月，命生·進四十五以下各對一條。又命幼
學及蔭官各對。凡六百八十三條。翼兒亦對一條。】

1. 隋文帝仁壽三年，王通獻策不報【第三十六編下第九板。】
董仲舒廷對言天下事，以漢之擧孝廉而求直言也。王通當
隋文之世，非有選擧之令、求言之詔，而以龍門處士，詣闕

獻《太平十二策》，近於衒鬻，胡氏以自處不重論之是矣。然此特責備賢者之意耳，豈可以此而輕其人哉？其後屢徵不起，辭楊素之勸仕，則終得出處之正，而亦可謂"善補過"者歟。

噫！賈誼之《治安策》，猶見略施；而王通之策，未見採用，至於罷歸。隋文眞有愧於漢文，而王通之不遇，甚於賈誼也。自董仲舒以後，學問之士不出，久矣。陳、隋之際，有此一士，豈不奇哉？天既生如是之人，使之不遇，虛老而死，抑何理歟？河、汾教授，雖不足與議於爲後世，開太平，而房、杜之輩出於其門，佐唐宗一代之治，則天之生王通，實爲李唐也歟？

臣對曰：鄒夫子有言曰："枉己者未有能直人者也。"又曰："聖人之行不同，或遠或近，或去或不去，歸潔其身而已矣。"夫"而已矣"者，無他之辭也，豈不以身爲萬事之本，本既不正，則正人、正天下，不可以與論也耶？是故君子懷寶，雖不韞櫝，亦必待價，寧終身不遇而不枉尺寸。蓋其心非不汲汲於行道，而亦惟恐先失其本，遂無其資故耳。

今王通生於聖遠之後，倡起絕學，與賈瓊、凌敬、王孝逸之徒，講道龍門，則其自任何如也？且隋文帝在位已二十有三年，雖有勤儉、愛民之實效，而猜苟信讒，功臣、故舊，無終始保全者，其不能大有爲，蓋不待智者而後知也。而乃輕身詣闕，猝然獻所謂《太平十二策》，可謂枉己，未可謂潔身也。

藉使其策，果足以致君澤民、躋世泰階，而帝能用之，大本已失，尙復何論其不用而罷歸？未必非自侮而侮，先薄其人也。觀其答楊素之言曰：“讀書談道，足以自樂。”又曰：“願明公正身以治天下。”嗟乎惜哉！使通早知以自樂、正身等語，律之於己，則必無登門自獻之失，而其爲人可少疵哉。己所不能行，而强以語人，徒見其言行之不相掩也。

以此觀之，策雖善，使其施之於事，亦未必果如其言擧而措之，而反不如使後人謂己不遇之，猶可以藏拙也，豈如《治安策》之略施而有效耶？

其所謂“河、汾敎授”，亦不過續經擬聖，自取吳、楚僭王[38]、孔門莽賊之譏而已，其於明吾道，開後學，亦遠矣。雖有房、杜佐唐之才，出於門下，亦惡足以比諸三代之治，而言其淵源之所自耶？

且夫天之降大任於是人也，必當聖作運泰之時。故夔、稷、臯，值唐、虞而贊熙皡之化，伊、傅、周、召，際商、周而做郅隆之治。而上自孔、孟，下至程、朱，俱非其時而卒不遇，使通眞有王佐之才，當陳、隋之際，其不遇固也。況如通者，何足有怪於天理耶？

雖然通之自衒，固不可以出處之正道言之，而其

---

38 吳、楚僭王：저본에는 '樹屋僭王'으로 되어있으나，《주자대전(朱子大全)》권 58〈왕씨속경설(王氏續經說)〉에 근거하여 바로잡았다.

累徵不起，猶足以小贖其過，比諸染迹陷身，爲後世笑者，不旣賢乎？至於刑平財削之論、絶四去媒之說，儘有所見，俱非夫人所可容易道得者，則亦不害爲末世之奇士也。朱子特筆之，蓋所以寓夫惜人才之意，而非與其大人正己物正之道也。不然，豈於《小學》，只錄其婚娶之論、儉潔之服而已耶？

2. 宋文帝元嘉四年，魏主燾果殺戮【第二十四編下第四十六板。○又命居齋儒生勿限年進對。余受二條。】

魏太武聽察精敏，下無遁情，賞不遺賤，罰不避貴，亦一代之傑耳。然其果於殺戮，往往已殺而復悔之者，非眞悔也，特示人以悔而已。悔出於眞則怒雖難制，豈無克去之道耶？

臣對曰：七情之中，怒最難制，人之有過，悔亦隨之。然當悔而能悔固難，已悔而能持尤難。苟能持之，何貳過之有？是故夫子稱顏子曰："不遷怒，不貳過。"此《易》所謂"不遠復，无祗悔"者也。噫！怒而能悔，悔而至於无悔，殆聖矣，豈拓跋氏所能及耶？

今迹其行與事而觀之，精敏公明，所以爲太武也；鷙勇殘忍，亦所以爲太武也。惟其鷙勇殘忍也，故果於殺戮；惟其精敏公明也，故往往悔之，如崔浩之類是也。

然其悔也苟眞也，則自愧自咎，蹙然不能以一朝安，必思所以持之，而可以一日收克己復禮之功矣。此豈所以與議於太武者哉？乃若太武則直不過怒之甚則

殺之，殺之過則悔之，悔之久而復值怒則殺之耳，豈復
因悔而制怒耶？

　　有舟於此，乘利風而犯駭浪，以臭厥載，惟善操舟
者悔之，不至於再危，其不善者則朝悔而暮犯，何以異
於是。雖然凡人有過，狠者遂之，詐者文之，吝者執
之，誇者諱之，怠者安之，是皆不知悔者也。若<u>太武</u>
者，雖未至於持悔之域，而其視不知悔者，亦不可謂無
別矣。

3. <u>後唐明宗長興元年</u>，<u>東川節度使董璋反</u>【第五十六編上第二十七板。】
<u>董光業</u>在<u>唐</u>朝，其父<u>璋</u>示以反書，欲從父則叛君也，欲告君
則害父也。爲<u>光業</u>計，將如何爲得？

　　臣對曰：古人有不幸當忠孝不兩全之時而處之者，若
<u>石奢</u>、<u>申鳴</u>、<u>棄疾</u>、<u>趙苞</u>之類是也，而皆殺身以繼之。
蓋雖不得已斷之以義，其心終有所不安，故至以死明
之。而後世猶有若<u>呂東萊</u>、<u>方正學</u>之議之者，其至難
處而甚可畏也如此。

　　<u>董光業</u>爲宮苑使在<u>洛陽</u>，而其父<u>璋</u>以<u>東川</u>節度使，
懼其割<u>遂</u>、<u>閬</u>、<u>綿</u>、<u>龍</u>，與之書，使達意樞要，則是欲
<u>安重誨</u>、<u>李虔徽</u>輩，告于朝廷，更不調發而不至於反
也。然迹其事勢，不反則不已。於斯時也，<u>光業</u>不爲<u>李
璀</u>則爲<u>演芬</u>，眞所謂"左右皆坑谷"。是何等踏天蹐地之
時也？

而乃只以書示樞密承旨而已，略無憂遑奔走底意。及其遣兵戍閬也，又但曰：「願止此兵，吾父保無它。」雍容暇豫，有若局外人坐談機事者然。是則於忠於孝，俱無所當，竟至夷滅，不亦宜乎？

然則爲光業計，當奈何？惟有急修答書，諫之以義理，曉之以事機，以沮其心。仍又解職入川，愉婉而爭之，號泣而隨之，不使陷於大惡。而必若不能，繼之以死，則庶幾哉兩全忠孝，無愧乎心矣。

且璋之反，非陰謀潛圖，竊發於不意也。嘗上表言憂懼之情，而詔書慰諭之矣；又嘗囚武虔裕，而閱民兵矣。唐主之遣將屯兵，亦以備此也，則其所由來者，非一朝一夕之故，而光業亦非猝然聞變，不及爲計者也。

苟以第一等義理言之，孝而不感者，未之有也；誠而不孚者，亦未之有也。君臣以義合者也，諫而不聽，容有之矣，焉有父子之間而不相感者乎？其不相感者，皆誠孝之未至也。父有爭子，不陷不義，況陷之叛逆而不以死爭乎？

當時兩川，固危疑之際而必死之地也。爲光業者，苟能素以至誠惻怛之意，隨事風諫，使之謹守臣節，則初無與孟知祥合勢之事矣，無劍門築七寨之事矣，無翦髮黥面、布列烽火之事矣。亦無此反書矣，又安有難處之事耶？而曾不念及於此，乃反乾沒於一宮苑使，視其父之逆順，殆若越人視秦人之肥瘠，又何足與議於處變之道乎？

《小學》問目【<u>星湖</u><u>李</u>先生答○辛巳】

1. 立教

《內則》: 奔則爲妾。 ○《集註》謂"奔非失禮, 只是分卑", 舊註謂"不待聘而從之也"。 愚意雖非己自奔往, 不由禮幣親迎, 用男先於女之道者也。

聘則爲妻, 則奔乃不待聘而往也。 古者國有凶荒, 則殺禮而多昏。 《周禮》"中春之月, 奔者不禁", 亦可考。

《學記》: 術有序。 ○ <u>陳氏</u>謂"術當爲州"。 <u>程子</u>引"遂有序"以明之, 未知當從何字。

術古州字。

2. 明倫

《曲禮》: 父母存, 不許友以死。 ○ 爲人赴難, 冒鋒刃、陷刑辟, 非君子謹愼之行, 不但有父母者所當戒。 《禮經》之獨爲父母存者戒, 何也? 無父母者, 固可許友以死; 有父母者, 與人同行而臨患難, 苟求獨免耶?

朋友五倫之一, 故有死友之名。 許者期以必死也, 若有常諾者, 當死必死, 雖或有父母, 有所不避, 不然則不許。

《內則》：婦若有私親兄弟將與之，則必復請其故，賜而後
與之。○ 陳氏曰：“故卽前者所獻之物，而舅姑不受者。”愚
意非必所獻反賜者，凡婦私藏者，皆然。

此說亦有理。

《內則》：舅姑若使介婦，毋敢敵耦於冢婦，不敢並行，不敢
並命，不敢並坐。○ 竊謂不敢並命則可矣，至於行不敢比
肩，坐不敢同列，則無乃太嚴而有乖於兄弟和樂之義歟？

不敢如此，而和樂自在。

《內則》：適子、庶子，祇事宗子宗婦。○ 註：“適子謂父及
祖之適子，是小宗也。庶子適子之弟，宗子大宗子也。”愚
意適子謂“宗子之弟”，庶子謂“孼子”，未知如何？

良是。禮中指他子爲庶子者，有之，皆避嫌處，其他皆
妾子之號。我國人多不能辨。

《曲禮》：醫不三世，不服其藥。○ 竊意醫之專門者，聞見
博、經驗多，固爲可信。然術業之精粗，在乎其人性識之明
暗，不獨在於聞見、經驗，則《禮經》之斷以不服，何也？

舊說已有此意。

《祭義》：祭之日入室，僾然必有見乎其位。周還出戶，肅然必有聞乎其容聲。出戶而聽，愾然必有聞乎其歎息之聲。○詳其文勢，則周還出戶，似是既祭方出之時；出戶而聽，似是既徹而出。肅然、愾然之分別無疑義，而聽字與歎息字，不知有何分別？

此一節，善形容處。如人入神祠，敬懼之至，依俙彷彿，如見其人。周旋出戶，謂將出背立，如聞其動作衣履之聲。既出戶，又如聞氣息愾歎之聲。

《禮記·玉藻》：習容觀玉聲乃出。○經以"習容觀"爲句，而《小學諺解》以"習容觀玉聲"爲句。何者爲得？

"容觀玉聲"，連讀爲是。

《玉藻》：君賜車馬衣服，君未有命，弗敢卽乘服也。○君既賜之，則所以使之乘服也。何必賜之而後，又申命之乘服耶？

或有依例遍班，而未及有乘服之命。

《曲禮》：御食於君，君賜餘，器之漑者不寫，其餘皆寫。○陳氏曰："陶、木器則卽食之，萑、竹器則傳寫他器，不欲口澤之瀆也。"竊謂萑、竹所盛之食，必非濡濕飮吸之物，何憂口澤之瀆也。

> 萑，竹之器，旣慮口澤，則恐無不漑之理。器之漑者，謂盛濡濕之物，君前無他器可寫，則不得已不寫。其餘盛乾燥者，皆寫豆間之地也。

《論語》：疾君視之，東首。○ 朱子曰：“以受生氣也。”雖不敢妄議，病者之欲受生氣，無時不然。何必待君臨視疾，然後始受生氣也？君南面而臨之，則東首而臥，使首在於君之左，恐是尚左之義而敬君之道也。未知如何？

> 病人常東首，至是不用北面之例，取便也。

《儀禮·士昏禮》：父送女，命之曰：“戒之敬之，夙夜無違命。”○ 陳氏曰：“命謂舅姑之命。”竊謂婦人所從，莫如夫子。若但指舅姑之命，則似欠圓滿。

> 來說是。

《禮記·內則》：外內不共井，不共湢浴，不通寢席，不通乞假，男女不通衣裳。○ 劉氏曰：“不共井，嫌同汲也；不通乞假，嫌往來也。”愚謂外內，指一家之內男女而言；男女，指其夫婦而言。假如一村共一井，不以同汲爲嫌，井者非相褻之所也。此章專言家門之間，外內之別，則一家之內，豈得異井耶？不通乞假，如曰"外之所當乞假，內之所當乞假，不相侵雜"之意否？

井者，人之所聚集。古者凡人之所聚集，如市道之屬，皆有男女之別，則井亦宜同。此非謂家家有兩井，男女所汲，各有其所也。如外內常用寢席之類，何可乞假？

《曲禮》：寡婦之子，非有見焉，弗與爲友。○陳氏曰："若非有好德之實，則難以避好色之嫌。"愚謂朋友之家，雖相往來，自有內外之別，豈必有嫌？又況與其子爲友，則寡婦老矣，尤不宜有嫌。若謂父沒，無所受命，則語甚明暢。然朱夫子之記之於夫婦之別者，何耶？

註說是。《坊記》有一條尤詳云："寡婦之子，不有見焉，不友也，君子以避遠也。故朋友之處，主人不在，不有大故則不入其門。"

《曲禮》：長者與之提攜，則兩手奉長者之手，負劍辟咡詔之，則掩口而對。○呂氏曰："童子之幼者，長者或旁挾之，如負劍然。"其言似傅會苟艱。提抱之孩童，豈可責口氣之觸人也？抑或當時俗語，有難臆解耶？

愚謂：《少儀》云"問焉則辟咡而對"，咡口旁也。辟之者，恐口氣之觸也。然則此當以二句看，詔之以下爲句。

《少儀》：侍坐不畫地。○竊謂畫地，或見於史，而非數有之事，何足標以爲戒？且以爲使氣不恭之容，則雖非侍長者，亦所當戒也。

侍坐者，尤當手容恭也。

《禮記·大戴禮記》：曾子曰："親戚既沒，雖欲孝，誰爲孝？"○妄意戚字是羨文。

來說近是。

3. 敬身

《國語·晉語》：管敬仲曰："從懷如流，民之下也。"○吳氏曰："懷者人之恩惠，因人懷己而不顧禮義之是非，從之如水流。"愚意如懷、與、安之懷字，訓爲恩惠，未知如何？

《論語》註有兩說，皆不出惠意。

《少儀》曰：不窺密，不旁狎，不道舊故，不戲色。○註以狎字爲句，故字爲句，以爲不言故舊之非。愚意則不旁狎不道爲句，舊故不戲色爲句，如曰"不狎不順，久而敬之"云爾。未知如何？

《論語》故舊不遺則民不偷，疑道卽遺之訛。

《少儀》: 毋拔來, 毋報往。○註: "拔、報皆疾也。來往當有宿漸, 不可猝也。"愚意甚可疑, 拔來猶言摘取將來, 報往猶言報復既往, 如是解, 未知如何?

　　既無他的解, 不若從舊說爲善。

《儀禮·士相見禮》: 與衆言, 言忠信、慈祥; 與居官者言, 言忠信。○竊謂忠信二字, 言於與衆則極爲包含, 而慈祥二字, 似合於居官者。未知簡編或有脫誤而然耶?

　　論官政, 宜主忠信, 至人事, 更加條理。此處不可忽看, 政者指大體言。

《禮記 曲禮》: 入國不馳。○註: "恐車馬躪躒人。"意似偏, 恐是敬國都愼威儀之道。

　　看得孜細。

《禮記·玉藻》: 趨以《采齊》, 行以《肆夏》。○註: "趨時歌《采齊》, 行時歌《肆夏》。"愚意行時、趨時, 豈宜唱歌? 只行趨之禮, 合於《采齊》、《肆夏》之節耳。

　　古人行動之間, 必以樂爲節。

《曲禮》：孤子當室，冠衣不純采。○註："當室謂爲父後者，非當室則不然。"然則次子以下，雖永感之後，無異具慶之時耶？

　　似然。

《禮記·玉藻》：童子不屨絇。○註："童子未習行戒也。"絇恐非鞋口之帶，是長者之儀飾耳。

　　凡屨之飾有三，繶、絇、純也。繶是牙底相按之縫，謂之"下緣"。純爲緣。絇狀如刀衣鼻，在屨頭，用以爲行戒。絇之言拘也，謂"低目不妄顧視"也。三者中以絇爲上，故此云"不絇"者，竝不設繶、純之飾，屨不設飾，童子之禮也。若曰"不習行戒"，則非設敎之意。

4. 稽考

《禮記·文王世子》：文王之爲世子。○曰三朝及侍疾之禮，皆云"問內豎"、"視膳問膳宰"。當三代之時，君臣之分，未至過於嚴，昏定晨省，侍疾視膳，皆宜親審。若如此言則無乃近於疏耶？

　　具膳非世子職。

5. 嘉言

伊川先生曰："今士大夫家，厚於奉養而薄於先祖。" ○ 註："奉養謂奉養其親。"未知果非自奉之謂耶？

　　來說是。

伊川先生《六禮大略》，冬至祭始祖等禮，朱子已辨其失而記之。此以爲世教何也？

　　先祖、始祖之祭，朱子云"後來覺得僭"，言後來所見，有初晚之別。

文中子曰："妾媵無數，教人以亂。" ○ 眞氏謂"內或陷子弟於惡，外或生僮僕之變"，似太甚。

　　眞說亦得。

《顏氏家訓·治家》：江東婦女，鄴下風俗。 ○ 詳其語，自有左右，而別無明示取舍以曉後人，何也？

　　此類記而帶說，一勸一戒。

6. 善行

鄧攸之徽纆繫兒，人皆知不近人情；李勣之煮粥燎鬚，可見其欺世盜名。而記之於《善行》，只取其事之近於友愛耶？

　　鄧攸一節，繫樹以下，君子不錄。本書云“次日及之”，則非急猝之甚。寧與之同死，何至於此？甚忍心之事，令人掩目。

第五倫有私之說，只記其言者，謂“其人情之固然”乎？抑因此以爲袪私之砭戒乎？

　　第五倫一起、十起，非一視也，已不可爲訓。

昔在辛巳，余與伯氏，俱發解監試。時有朝令“背講《小學》，入格然後許赴會試”，迺於誦讀之暇，參攷衆說，因箚其疑難處，質于星湖李先生。先生手答，且謂：“意思深微，願從此進步。”而余懶廢因循，今已三十有餘年，卒無所進益。時於塵篋中，閱先生手筆，每不覺愧汗。而又歎曩時年少識淺，其問目百不能擧一。今雖欲盡一編而反復之，竭其兩端，末由也已，聊書此以識吾無窮之恨。

策

霜

問：霜者，肅殺之氣，而成收萬物者也。【題旣不盡書，對亦不
盡書。】

對：論萬物之霜者，不若論天地之霜；論天地之霜者，
不若論吾人之霜。則執事之問，何惓惓於天地萬物之
霜，而不及於吾人之霜耶？

夫生乎春、長乎夏者，一朝變而脫其葉、隕其枝，
則此萬物之霜也。風以鼓、雨以潤者，一夜變而肅其
氣、白其降，則此天地之霜也。天地非霜，則無以遂品
彙而成歲功；萬物非霜，則無以斂英華而就堅實。至
於人，何獨不然？

人之懷抱道德、潔修才行者，一日遇患難，涉艱
憂，則動忍其心性而增益不能，堅剛其志氣而玉汝于
成，超然於風塵而皓爾無太素之渝，獨立於天地而凜
乎有雪霜之操。則此非所謂吾人之霜者耶？

噫！是人也，愚於《秦風》"蒹葭蒼蒼，白露爲霜"之
"所謂伊人"者，想像而見之矣。方其天地始肅，白露爲

霜，則彼蒼蒼之蒹葭，摧枯拉毀，有如戰敗之軍，卷旗棄鼓，裹瘡而疾馳，吏士無人色，則其爲變亦酷矣。然自是而弱者堅、虛者實、津者燥，斂其英華於腹心而各效其成，此所謂"天地霜之功用，而萬物霜之變化"也。

且秦之風俗，不雄於戈矛戰鬭，則癢技於獫歇射獵。至其聲利所驅，雖豪傑，亦且側足於寺人、媚子之間，方以爲榮而不知愧；其義士，亦且沈酣豢養，與君爲殉而不可贖，此又秦國之霜也。

伊人也，乃能遺世獨立，優游肥遯，超然於一國之霜，而傍乎蒹葭之霜，宛在水中央，雖其幷與姓名而逃之，而至今凜凜乎、蕭蕭乎，庶幾可見其如霜之風格、如霜之志操。則天地萬物之霜，崇朝無痕，而此《蒹葭》之霜，歷幾箇絳縣甲子不消滅；天地萬物之霜，無歲無之，而"所謂伊人"之霜，千萬古僅一人而已。然則欲責今之人以伊人之霜，亦戞戞乎難矣，而無怪乎後世之霜一點，不落於蒹葭蒼蒼之一方，而長滿於五更待漏之靴也。

愚也每誦《秦風》之詩，而以一霜字，爲伊人之一箇畫像，欲求當世之伊人而遡洄從之矣。今執事引而不發，以觀愚生之俯仰，敢不以所蘊於平昔者，副執事所須哉？

聖希天, 賢希聖, 士希賢

問: 濂溪先生曰: "聖希天, 賢希聖, 士希賢。"隨其人品之高下, 而各自勉焉者。此固當然之則, 而三品之中, 亦有用工難易之別歟?

對: 人人各有一太極, 則聖一天也, 賢一天也, 士亦一天也。天一而已, 曷嘗有聖、賢、士之別哉? 然而因其氣質之或殊, 其所得者, 蓋有三品之別焉。

混然全體, 無一欠, 其體至圓, 其用至神者, 非聖之天乎? 體雖具而或微, 用雖大而未周, 日月之行度, 有時而差; 陰陽之動靜, 有時而偏者, 非賢之天乎? 非無靉時間麗日霽景而乍明乍晦, 亦有一片地和風瑞雲而或存或亡, 有若坐井之觀、測管之窺者, 非士之天乎?

自其已然之地位而言之, 則聖一層也, 賢一層也, 士一層也, 士之於聖, 如天之不可階而升也。自其本然之太極而言之, 則聖、賢、士皆類也。彼亦太極之丈夫也, 我亦太極之丈夫也, 吾何畏彼哉? 是故論爲學之序, 不若論爲學之功; 論已然之地位, 不若論本然之太極。

今自我而尙論, 則指天而曰"天", 指希天而曰"聖", 指希聖而曰"賢", 指希賢而曰"士", 未知後之人, 又尙論我曰希天乎, 希聖乎, 希賢乎? 是特在我耳。

噫！取法於上，僅得其中；取法於中，未免爲下。則此崔譚之所以能學其如椽如筋，不能學其空手行。而張子之以求爲賢人，不求爲聖人，爲學者大弊者，誠千古不易之論也。

夫學者之求爲賢人，豈非士之有志者？而張子以爲大弊者，蓋有懼於未免爲下之病，而不拘於聖、賢、士三品之說也。爲士者，苟能如二程，自十四五時，便銳然欲學聖人，動止語默，一以聖人爲師，不至聖人不止，則升堂入室，自有循循之次第矣，豈有崔譚之弊、張子之譏哉。然則三品之說，特言其進道之序而已也。若以爲截然有別，則是說也亦不免爲學者之大弊也，烏可哉？

愚也亦太極中之一士耳，其於希天之聖，雖欲從之，末由也已。則居常凜凜，每恐犯張子之戒，而又恐爲壽陵餘子學步邯鄲，匍匐而歸矣。今先生之問，適有以及之，何其言之似張子也。

杖

問：杖者，扶老之物，出入行步，所須而不可無者也。

對：有形之杖，不如無形之杖；有名之杖，不如無名之杖。則老者之有杖，非上古至治之世所聞也，蓋後世之物也。康衢之歌曰"帝力何有"，未聞堯之賜杖也；海濱之語曰"盍歸乎來"，未聞文王之授杖也。

噫！堯之所以杖老人者，在於日出而作、日入而息，何事於六尺之杖乎？文王之所以杖老人者，在於發政施仁、民無凍餒，何假於玉飾之杖乎？是故擊壤者無所用其杖而忘其力焉，歸來者無所用其杖而忘其遠焉。此上世所以囿一代於壽域之中，而有杖之大者焉；躋四海於春臺之上，而有杖之至者焉。

此杖一立，天下之老，皆扶之而安者，以其無形也；斯杖一拄，海內之老，皆倚之而休者，以其無名也。又安用區區六尺玉飾之杖爲哉？

至于後世，所以優老之道，靡所不用其極，舉引年之典而惟杖是賜，行養老之禮而惟杖是授，乞言於東序而以杖爲一大政焉，展禮於南庠而以杖爲一大事焉。無有一老之不杖，而老者之疲於是乎極，則所謂杖者，形而已矣；未見一老之無杖，而老者之困於茲焉甚，則所謂杖者，名而已矣。杖之於優老之道，果何益哉？是知上古無杖之時，老得其杖；後世有杖之日，老失其杖者，誠理之當然也。

然豈杖之罪哉？上古之世，無所用於有形有名之杖；而末季之世，不能用於無形無名之杖故也。豈惟不能用？甚者隱几據杖，眄視相使，而廝役之人至；植杖而芸，潔身勤體，而荷蓧之丈遇。則杖之於待老，不惟無益，而反有害矣。世之以杖而優老者，可不知所從哉？

今我聖上以無形名之杖，用有形名之杖，康衢有歌，海濱有歸。每見絲綸之一下，民雖老羸癃疾，扶杖而往聽之，願少須臾無死，則是有杖者，豈不反勝於無杖之時耶？愚也竊不勝抃喜，每欲以上古後世之不同杖者，一獻九重，而恐爲閽者所杖矣，今何幸顚倒於先生之問也。

時體

問：時體之稱，出於末俗浮薄之說，而亦可以見世道變遷之機矣。

對：世之所謂時體者，皆外物也。愚以爲今人之心皆時體，則外物之時體，特其末也。故先論人心之時體，則世間百千萬事之時體，可從而推也。若昔先王之世，入則孝，出則弟，事君上則忠，與朋友則信，此上古人心之時體也。故其時體也，夏葛而冬裘，渴飲而飢食。

三代以降，天下之人，穰穰而往，熙熙而來，淳朴焉剝喪，巧僞焉膏肓，此後世人心之時體也。故其時體也，耳衣而目食，蠟梔而粉朽，世愈下而風愈變，時漸後而俗漸訛，時體二字，遂爲牢不可破之物。是其人心之時體，有古今之異，故外物之時體，亦隨而變，固其理然也。

噫！今世外物之時體，可謂極矣，而猶未若心之時體之靡然不可收拾也。何者？大禹解衣於倮國，夫子獵較於魯俗，則外物之時體猶之可也。至於今世之一心上時體，則舉一國之人而盡入於膠漆盆中，一語一默，一俯一仰，無有外於時體之套臼。聖賢之義理，變作時體之義理；先王之禮樂，化爲時體之禮樂，事君則有立朝之時體，臨民則有居官之時體。待人接物，無非時體；行動舉止，皆是時體。

依阿脂韋，而不露圭角；便習緊着，而專尙文飾，同乎流俗，合乎汙世。襯着時體者，人爭稱而效之；齟齬時體者，人皆嘲而侮之。一人唱之，百人和之，昨日爲古，今日爲時，便作一時體乾坤，則雖使聖人復起，亦將曰"末如之何也已矣。"

噫！時體之陷溺人心、撞壞風俗，乃至於此，則上古時體，終不可復見，而卒無一變至道之機耶？抑今之時體，反得其宜，而如愚之不合於時體者，徒自嘐嘐於古耶？然則世之所謂"時體"者，直時體之影子，而愚不欲說也。

今執事之問，特及於時體二字，欲聞救正之術，意者執事其不爲時體者耶？愚之所欲言者，今可以傾倒也。

道義功利辨

問：董子曰：「仁人者，正其誼不謀其利，明其道不計其功。」道義、功利之說，辨之者多矣，未有若是之直截剖判者也。

對：愚嘗謂「孟子一生，忍窮受餓，費盡心力，所破得之說，却不若董子一言之有力」。蓋未有仁義而遺其親後其君，則便是仁義未嘗不利；天下溺而援之以道，則便是吾道未嘗無功。此雖是理之自然，然董子則却說「正其義不謀其利，明其道不計其功」，又是義與道，未必皆爲利、爲功，則自不免去彼而取此。

想得董子正怕後人，於道、義二字，正不着，明不到，於功、利二字，看不破，放不下，拖泥帶水，賓金主鐵，便落在五伯假之以下規模裏，出身不得。故粒剖銖分，斬釘截鐵，兩行說下，堂堂正正，欲使人眞知砒霜之能殺人，鼠藥之不可嘗。眞所謂「一棒一條痕，一摑一掌血」，則此所以反有力於孟子之龘拳大踢者也。

噫！彼義利雙行，王伯並用，未曾理會仁人事業，出門踏着正路，便先懷取一副當功利之心，做取落草由徑之計者，其非董子之罪人耶？自夫功利謀計之說勝，而道義明正之論熄，左遮右攔，前拖後拽，以枉尺直尋爲根株，以詐力功利爲成就。泄·庸、種·蠡，便作準則，而仲尼既遠，又無五尺之童羞稱之者。愚恐如此不已，卽孟子果然迂闊，而公孫衍、張儀眞可謂大丈夫矣；程正叔寧可終身只作國子祭酒，而却讓他陳正己作宰相也，至此而董子之一言，烏在其有力也？

然能接孟氏拔本塞源之論，明夫子先事後得之義，後之爲功利者，雖不知道義之可明正，而亦不敢聲言功利之宜先計。則董子之力也，仁人之言，其利可謂博哉！而程子又推明之曰：“漢之諸儒，惟董子有儒者氣象。”則蓋又董子後有力之言也，斯豈非道義之幸耶？

愚每以此自誦，思欲一質之於排粵仁之仁人而未知爲誰矣。今執事之問，特及於此，抑執事其人耶？愚竊幸焉。

老成之人

問：自古有道之世，皆任老成之人，爲其年老德成，可以敬信而倚重也。

對：小知不及大知，小年不及大年，則彼其髮短而心甚長、形衰而智益壯者，豈不愈於破車之犢貪人之瓜乎？

然而徒知大知、大年之爲老成，則其所謂老成者，鄉原而已矣，烏能得眞箇老成之人哉？是故老成在德、不在年。德之老成，則年雖未老，不害爲老成矣；德未老成，則年雖已老，不可謂老成矣。

噫！后稷兒時屹如巨人之志，明道十二三如老成人，則有老成之德者，雖少亦老也。韓熊子逐麋則老，而坐策問事則尚少；文潞公綜理庶務，精鍊少年有不及，則有老成之德者，雖老亦少也。德苟老成，則年之老少，不必問也；德非老成，則年之老少，亦不必問也。

三代聖王之於老人也，敬之而已，養之而已，至於任之，則必在於老成，而不在於天下之老人，老成之稱其德而不稱其年也，亦明矣。不然則天下之算了絳縣甲子者，不爲不多，其將盡取而任之國事乎？後之人認老成爲老大，不問其德之成與否，而但視其年之老與少，則華髮墮顚而後可用之說，眞可以退閭丘邛，而朱子鄉原之譏，果不可加於馮道矣。烏乎其可也？

雖然德之老成，大抵皆在於年之老成，年未老成而德老成者，蓋鮮矣。欲求老成之德，必於老成之年，則德固不可以遺，而年亦不可不尚也。然則大知、大年，信不可謂非老成，而敬之養之之中，必有老成之德矣。又豈可以鄉原之爲德之賊，而幷與眞箇老成棄之耶？

愚也每歎世人不知老成之義，思欲以是說，一質之於當世之先生、長者，而未有其路耳。今何幸執事之問，犁然而副之也。

進鋭退速

問：孟子曰："其進鋭者其退速。"用心太過，其氣易衰，理固然也。

對：天下萬事之退，不在於退，而常在於進，知進鋭退速之義，則其於治天下也，何有？

三代以降，惟漢文帝爲能知此義，故疏節濶目，小心謙言，天下容有不竟之情，而其治恒悠然而有餘。此所以進不鋭而治日進，執謙退而治不退者也。

噫！賈誼洛陽一少年也。弱冠新學，矯矯登朝，以英俊通達之才，驅激發暴露之氣，立談之間，遽然痛哭流涕，長太息於垂拱南面之下，則其進可謂太鋭矣。使文帝聽用之，則安知無退速之弊哉？是故卒退而不之進用。

當時大臣若絳、灌、申屠嘉之徒，皆能賛襄無爲，不鋭其進，培養漢家四百年元氣。而東京末年，黨錮諸君子，以奮袂正色，擊搏豪强爲事業，鋭意一進，而天下之事，遂退而不可復爲，由不知此義故也。

若夫宋神宗之求治太急，進人太鋭，已爲退速之機。而王介甫輩，又不知世而後仁之訓，轉入棒喝禪宗之法，驅之以執拗，騷之以新法。蓋將一朝盡行其所欲，其進之鋭如此，故其退也亦速。由此觀之，則天下萬事，未有不由進而退、由退而進也。

夫操輕舟者，逆水而迎風，則其進也銳，而風力既盡，則一退千里；行大軍者，倍道而兼日，則其進也銳，而兵氣既疲，則一退萬戶。君子知其如此也，故其學也，以積累涵養為貴，而以銳進速就為戒，非惡其進之銳也，乃懼其退之速也。

若只兩手握拳，努筋撐眉，枉費十分氣力說得來，驚天動地，寶花亂墜，非無捷徑可喜。而下梢無一成就，便至手足皆露，則亦速退而已。譬如陽藏人，須且下四君子湯救將去，若喫却伏火丹砂，則其不發狂者，幾希矣。然則進銳者，乃退速之張本，而天下萬事之退，不在於退而常在於進也，亦明矣。

愚也每以此自誦，而又欲以<u>文帝</u>、<u>神宗</u>之得失，一進之九重，而或恐太銳，尚未敢矣。今執事進而敎之，特及於此，安敢無辭以退乎？

分

問：分者，天之所定也，貧富貴賤，自有一定之分，而不可容一毫人力於其間。故君子安之，小人反是，從古而然矣。

對：愚嘗以為：天地間百千萬物、百千萬事，莫不各有自然之分，特有大小之差耳。語其小，則落花之茵溷，飛燕之樑林，皆分也。而況於貧富、貴賤乎？苟

極其大，則亦無所不至，天尊地卑，非天地之分乎？山
峙水流，非山水之分乎？日月星辰之列於上者，皆其
分也；人物草木之生於下者，咸其分也。又何貧富貴
賤之足云？

雉兔在野，衆人逐之，分未定也；雞豕滿市，莫有
言者，分已定也。愚未知所謂未定者定耶？所謂定者
未定耶？雉兔在野，捷者竟得，則雖謂之定可也；雞
豕滿市，買者爲主，則雖謂之未定可也。

由人而言，則無可定之分；由天而言，則無未定
之分。是知分也者，無大、無小、與生、俱生底物。而
或者冥行墻埴，私意杜撰，水中撈月，而謂“月之在斯”
也；舟邊求劍，而謂“劍之在是”也。本愈遠而愈逐其
末，源愈失而愈循其流，卒至於尋香墨梅而同乎靴外
之爬癢，求飽畫餅而歸乎小兒之樹屋。從古至今，不知
費得幾箇絳縣甲子，能超然於斯者，蓋鮮矣。
是故君子先立乎其大者，則凡天地間百千萬物事，自
有箇一副當定分，不待較計論量，而自不容有所作爲
於其間矣。又奚知貧與賤之爲可惡、富與貴之爲可慕
也哉？

大舜之居深山，而木石鹿豕之與居，飯糗茹草，若
將終身，誠知其分也。及其薦而爲天子，被袗衣、鼓
琴、二女果，若固有之，亦知其分也。分固天地自然之
理也，聖人亦何心於其間哉？隨遇而安之而已矣。

噫！天地不有其分，則將缺陷，安能亘萬古而長

存乎？ 山川不有其分，則將崩竭，安得與一元而終始乎？ 上而昭昭焉日月星辰之分，下而職職焉人物草木之分，蓋莫非君子之所以先立乎其大者矣。 若夫或貧或富、或貴或賤，直小小底物事耳，將不知在野之為雉兔，在市之為雞豕矣。 此其坦蕩蕩之所以異於長戚戚者也，君子之所立，不亦大哉？

　　愚之志是說而欲獻之當世君子者，日月稔矣。執事之問及此，欲隕之淚，正得雍門琴也。

六甲

問：六甲者，所以記年月日時也，此其有關於王者欽若之政而不可闕者也。

對：有名之六甲，不若無名之六甲；有限之六甲，不若無限之六甲。 則六甲之名，以甲乙之號，限以六十之年，殆非所以成萬世之太平、開萬世之壽域者也。

　　夫晝夜之往來，寒暑之推遷，乃天地自然之六甲也。 是故花開而知其為春，葉落而知其為秋。降婁司昏，犁貞膊而牛在戶，則野人舉趾之時也；析木司晨，露下地而月入室，則農家滌場之辰也。于以日出而作，日入而息，臥之吐吐，起之吁吁，熱則脫，寒則襲，至老死不相往來，未嘗有所待於某年某月之標稱，而自無所不足，則此非所謂"無名之六甲"乎？

楚南之冥靈，五百歲爲春，五百歲爲秋；上古之大椿，八千歲爲春，八千歲爲秋。未聞以幾甲稱之，而與天地無窮。羲、黃之世，其民蒙而永年；堯、舜之世，其民樸而難老。未聞以某甲記之，而各得其天年。則此非所謂"無限之六甲"乎？

當斯時也，上如標枝，下如野鹿，溢金膏於紫洞而雨露有均華之美，棲玉燭於玄都而風雷有順軌之休。爲誰之欲曉，而乃以是區區者六甲爲哉？

及夫世漸降而人文漸備，俗始下而時氣始差，春漸入夏而迺立閏月之法，子漸入丑而爰肇歲差之規。五十大衍之數，四十有九之用，極聖人治曆明時之功；而二百一十有六，一百四十有四之策，蓋亦不得已推得來。

若曰"如此而干之數十，如此而支之數十二，如此而四時冬而復春，如此而六十年周而復始，使斯世知有六甲，以至乎歲月日時無易，而穀用成乂用明"，則其功固大而其志可謂苦矣。

至於後世洛下閎、耿中丞、鮮于妄人之相傳授，虞喜、何承天、劉焯之相損益，紛然而起，六甲之法愈密，而太平之世，仁壽之域，遂不可復見。則是何六甲之有名、有限，易知易行，而反不若向所謂"無名、無限"之時耶？

雖然是豈六甲之罪哉？特用之者，有以致之耳。今夫干之十、支之十二，相因而爲一紀，又相重而爲六十年，雖婦人·小兒、至愚·下賤，無不口誦而心解。而至於干支之所以爲干支，時序之所以爲時序，雖號爲明於曆者，鮮能知之，則又何足與論於燮理參贊之道也哉？

惟其如是也，故徒知六甲之名，而六氣之機，則昧如也；只循六甲之限，而兩儀之理，則茫然也。高者騁技於術數之末，而莫悟天道之漸晦；下者守株於曆象之書，而罔念人事之當修。甚至於以六旬爲期，而孳孳爲利；以百年爲限，而汩汩役物，喪志而痼疾，熱中而飲氷。

由是而不得盡其自家六甲者，滔滔皆是，則是六甲爲之祟，而人顧不思所以醫之耳。然則纔說六甲二字，已自跳不得口舌齊虜六十花甲子圈內，終身規規於這裏面而已也。嗟乎！夫孰知聖人爲民之意，反爲無窮之弊耶？

雖然以後世而若幷與其六甲之法而無之，則其將必至於不辨春秋，不知歲月，而此世界不成模樣，忽然送之華子乾坤矣。至此而六甲之功，又烏可少也？然則六甲之有名、無名，有限、無限，果何與乎？苟能以中和之道，致參贊之功，則一元十二會之六甲，夫孰非天地自然之六甲？而大而四時之六甲，小而一日之六甲，罔非吾運用精妙處也，又豈有古今之殊耶？

愚也志是說，欲獻之燮理君子，而虛度了幾箇甲子矣。今而不申，更待何甲？

超擢之法

問：不次超擢之法，其來已久。其人之賢能、才器，果當其任，雖使卑踰尊疏踰戚可也。如其不然，或不及於歷試而積功然後任用歟。

對： 人皆知超擢之異於歷試， 而不知歷試之法實寓於超擢之中，則無惑乎以爲奇異底事也。

噫！歷試超擢，曷嘗有兩般道理也哉？ 特異其名焉耳。是故古昔聖王之任人以官，授人以職也，有不可不歷試者，則未嘗不歷試。而厥有不待歷試以事，而已有心上之歷試； 不假歷試以能， 而自有胸中之歷試。接其一面，而明知其可以用之實；聽其片言，而灼見其可以任之本。 拔諸衆凡之中， 而置之尊顯之位； 舉乎微賤之類，而加之百姓之上。朝蓬累而夕巖廊，昨豹隱而今虎變。 非有歷試之效， 而其超也反出於歷試者之上；莫見歷試之迹，而其擢也遽登於歷試者之右。

使尋常之人卒然見之， 不覺目瞠而心駭， 而自聖王言之， 則是亦歷試耳。 安有不察其德之可用而超其位焉， 不審其才之可任而擢其職焉， 輒行此非常無謂之舉， 而徒使人恍惚於顛倒不測之術也哉？ 此戰國權謀之君所不爲， 而謂聖王爲之乎？ 然則超擢未嘗非歷試中事，而歷試乃超擢中條例耳。

抑又論之， 超擢之歷試， 甚於歷試之歷試。 夫歷試之法，自有其道，試之州郡，觀其吏治之得失；試之臺閣，驗其言論之如何。使之以事而試其功焉，詢之以謀而試其猷焉。一年二年，責其積累之成效；以彼以此，辨其才器之各當。則猶爲歷試之易。

而至於超擢，則外乎歷試之常格而任之不貳，異乎歷試之恒例而用之不疑。不聽國人之曰可，而惟簡在心，則所以試之者何如也？不用歷試之積功，而獨蔽於志，則所以試之者何如也？

雖舉之立談之間，而其試之明，不啻三考之歷試；雖升之造次之際，而其試之審，殆過百職之歷試。則苟非知人則哲之明、大公至正之見，懸明鏡而執玉衡，不可與於此矣。斯豈非歷試中之尤難者耶？

雖然歷試常有，而超擢不常有。不審超擢之才而歷試之猶可也，不有歷試之明而超擢之，則其不誤國而僨事也幾希矣。然則超擢、歷試之未嘗不同，而超擢之不可不愼，亦明矣。

愚也志是說，欲獻之九重而未有路耳。今執事以超擢之說，歷試愚生，其亦歷試而後超擢之意耶？愚也幸。

人之度量

問：人之度量，自有大小之不同。是出於天性，而非習之所可移者歟？

對：民受天地之中以生，則人之度量，即天地之度量也；人人各有一太極，則衆人之度量，即聖人之度量也。是知度量也者極其大，則天地也、聖人也，而凡天下之人，亦皆均受其中，各有太極者耳。又焉有大小、廣狹之不同也哉？

噫！以昭昭之多而及其無窮也，則日月星辰之繫而萬物覆焉；以一撮之多而及其廣厚也，則華嶽、河海之包而萬物載焉，此天地之大度量也。渾然全體，無所不周，而與天地同其廣；含弘光大，無所不容，而與河海同其深，此聖人之大度量也。稟無有不善之性而參爲三才，具至大至剛之氣而初無限量，斯非人人之大度量耶？

自其初而言之，則堯、舜與人同耳，豈洪勻賦予之初，別有度量之等級如分寸尺丈之有廣有狹、龠合升斗之有大有小也哉？惟其爲氣稟之所拘、物欲之所蔽，而始之廣者，汩而狹之；初之大者，斲而小之，聖人與衆人之相去，於是乎天淵。而自聖人以下，又有粹‧駁、精‧粗之不齊，故度量之大小，蓋不翅千萬層焉。

甚至於自暴自棄而浮躁淺狹之流，滔滔皆是；背理徇欲而褊私輕薄之習，紛紛相效。喜怒之所發，無復君子之有容，物我之相形，摠是細人之自小，則無怪乎聖益聖、愚益愚，而度量二字，遂不可復議於人人也。

然而仰觀俯察，天地之度量可想也；朝讀暮誦，聖人之度量可見也。聖旣希天而聖，則吾之度量，獨不可希賢而賢、希聖而聖乎？氣質之偏者，學聖以恢弘之，器局之小者，學聖以開廓之，則夫天之所以與我大度量，固自在也，烏可自畫而不移也？

雖然以眾人之度量，不思循序而漸進，而遽欲學天地聖人之度量，則必有騖意高遠，不切身心之患。其弊反有不可勝言者，而多見其不知量也。此又學者之所當知也。

愚也每欲以此一質之當世大度量君子矣。今來禮圍明問及之，則執事其人也。愚竊幸焉。

人望

問：士必有人望，然後可以當大事而服眾心。然或有有其望而無其實者，何歟？

對：望之一字，非上古至治之世所聞也，蓋後世之言也。共、栢、風、牧之登庸，未聞以望也；伊、皐、傅、呂之舉拔，未聞以望也。而及其一朝引而加之百姓之上，則風采爲萬夫之望，勳業爲百代之望，上而君逡其望，下而民不失望者，何哉？誠以大人君子，懷抱道德，超然獨善於草澤巖野之間，不見知而弗悔，無所求而自樂，則豈有所謂望者？

　　而夫惟聖哲之君，以大公至正之德，篤求賢自輔之誠，其精神之所孚，聰明之所臨，自然有雲龍風虎之感，則亦何待於所謂望哉？惟其下無所謂望，故克副他日之盛望；上不以其望，故能酬四海之衆望。若必以望而用人，則白望之士，將必相望於朝，而眞箇令望君子，舉皆望望然去矣。此豈至治之世所聞者哉？

　　至于後世以望取人之說起，而天下之士，皆修揚美望，高張雅望，結白論而蜚英聲，飾浮行而馳華譽。遠近翕然而歸望，朝野蔚然而凝望，卜興替於去就之際，決治亂於用舍之間。其始也，若將以軼唐駕虞，而終不免鼠璞雞鳳者無他，所謂望者爲之祟也。然則望者，果非君子之所貴，而後世之不得眞正望士，職此之由也。

　　然豈望之罪哉？上世則無所事其望，而後世則專用心於望故也。不然則望亦烏可忽哉？苟有其實，望必從之，要在明其實而已。山斗之於人，非有意於望，而人自望之者，以其有可望之實也；雲霓之於人，非有求於望，而人自望之者，由其有可望之資也。士君子之道體睟盎、德輝彌彰，近不厭而遠有望，亦有所不期然而然者，則望之於人，顧不大歟？

　　厥或有好名之士，彊修而養望；尙功之人，勉飭而收望，雖不可與論於不屑望之君子，而比之於暴棄冒昧之流，則不啻賢矣，又豈可以一概論之也哉？

愚也非民望也，雖不敢望古之君子。而每以上世得人之盛，望之吾君矣。倘因執事而轉聞則幸甚。

得意

問：有爲而滿於志，有求而足於心，是之謂得意。得意之中，亦有大小、善惡之別歟？

對：意，譬則馬也。世之所謂得意者，其非北叟之得馬耶？噫！愜其願於一時，而輒喜其得意；快其欲於平生，而遽矜其得意。其未得之也，勞心竭力，思所以得之；其旣得之也，志滿意足，自以爲得之。不惟自以爲得之，人之見之也，亦以爲得意，又從而匹之，喜其似而羞其不及。

自世人觀之，則信得意矣，而畢竟所謂得意者，不免於失意。雖或有長得意而不失者，自識者觀之，則是亦失耳，烏得爲得意也？然則塞上之馬，雖云得失之無常，失之之前則猶爲得也。而世之所謂得意，則得亦失也。如使識倚伏者見之，則必將如越人望桓侯而郤走之不暇，又何得失之可論哉？

乃若愚所謂得意，則異於是。舜之被袗衣、鼓琴、二女果，可謂得意，而飯糗茹草之時，未嘗不得意也。周公之負成王朝諸侯、制禮、作樂，可謂得意，而

狼跋鴻飛之時，未嘗非得意也。行其所無事，大禹之得
意，則勞焦胼胝，無非得意之日；從心不踰矩，夫子之
得意，則圍拔畏厄，無非得意之地。

是其有眞箇得意，故渾然自得而常有坦蕩蕩之意，
欣然有得而絶無小硜硜之意。隨遇而安，素位而行，富
貴貧賤，均是得意；夷狄患難，摠爲得意，則此所謂無
入而不自得也。彼外物之得失，直浮雲之過太虛耳，又
安足以經其心哉？

是故世之所謂得意，則一時而已；而聖人之得意，
則終身如一。世之所謂得意，則一身而止；而聖人之
得意，則萬古猶存。世之所謂得意，則不一其端；而聖
人之得意，則以是相傳。此無他故也，以得失爲心，則
其所得意不免爲失意也；不以得失爲心，則所謂失意
不害爲得意也。斯豈非吾儒門中得意妙訣，而後生之
所可學者耶？

雖然意馬易失，情車難御。欲師聖人終身之得意，
而不務所以得意之道，範我馳驅於發軔之初，則其不
至於越其轅而燕其驂也幾希矣，此又學者之所當自得
於意者也。

愚也雖不敢自謂失意中得意，而猶以爲得意之秋
者，誠以執事之於今日，猶伯樂之於冀市也。若夫得失
則愚已付之塞翁也。

上行下效

問：上行下效，理勢之所必然者也。

　　對：人皆知下之有上，而不知上之上又有上焉；人皆知下效上行，而不知上行者之又效其上，則是皆不知本之論也。

　　噫！為下之上而不思其上，則是先失為下之道矣，何以為上於下乎？為人所效而不先自效，則是先失可效之本矣，何以為效於人乎？今夫為人上者，高臨億兆之上而其尊無對，誕撫普天之下而其貴無上，執造化之權而作儀，則於一號令之間，運皇極之治而為標準於一言動之際，則彼其上自公卿大夫，下至士庶婦孺，孰有外於範圍之內？而其隨行隨效，蓋有不期然而然者矣。

　　然而天下者，非一人之天下也。天降下民，作之君師，全付中國民越厥疆土，使之上行而下效，則向所謂上之上者，非天乎？天以至健之行行於上，而下所以效之者，自強不息也；天以四時之行行於上，而下所以效之者，茂對育物也。大德曰生，上之行也，則效於下而洽于民心；仁覆閔下，上之行也，則效於下而視民如傷。效之則為治為興，不效之則為亂為亡，此天地之常經，古今之通誼也。

　　於乎！夫以天下之上而又有其上，則烏可不思所以先效之，而遽欲自行於上，責其效於下乎？ 以天下之衆，而舉效一人，惟其行而莫不從，則烏可不務所以自行之，而徒曰予一人於天下之上乎？

抑上之所以效上，難於下之所以效上，何者？ 聲出於內而響效於外， 形立於上而影效於下。 則上行而下效， 固不待用力於效，而自效之。 故上之所行也仁，則下必效焉；上之所行也暴，則下亦效焉。 其下之效，惟在其上之行如何耳，是豈有難易適莫之可言？

而至於上之效上， 則天不言也，蒼蒼在彼而莫有聲臭之可尋， 高高在上而靡有形迹之可見， 孰不知其行之可效，而克肖者鮮；孰不知厥行之當效，而能法者少，則是不幾於上行而下不效乎？ 然則上之所自行者，有仁有暴，而下無不效；上之所當效者，靡有不善，而獨不能如下之效己也。

愚未知上之效上，難於下之效上乎？ 將上之不思所以效之之道乎？ 噫！ 上有行而下不效，則上必怒，爲人上者可不惕然而知所懼哉？

愚也幸值我聖上體天之行， 不過太和中一物耳。而以大舜之聖， 尚有伯益之戒，則執事倘無以愚之說爲狂而轉聞之耶？

作之之有君子小人之別

問：古人曰："作之不已，乃成君子。"人無高下、粹駁之品，而作之則皆可爲君子歟？

對：作有君子之作，有小人之作，均是作也。而以君子之作作之，則可至於君子；以小人之作作之，則作之之弊，反有不可勝言者矣。今若不問其所以作之之如何，而泛言"作之者成君子"，則愚恐君子無以成作之之功，小人得以售作之之詐。而畢竟誤天下後世者，未必非此言也。

噫！自非上聖之生知而安行，則作之工夫，烏可少也？氣質之偏者，作之而變化焉；器量之小者，作之而恢廓焉。一動一靜而作之不已，一言一事而作之不止，勉勉於夙夜而惟恐前功之廢，進進於日新而必期成效之食。譬如行千里者之强其勞而凌山涉水，成匹帛者之忍其苦而累絲積寸。則茲所謂"百尺竿頭，更進一步"，而及其成功則一也，豈不誠君子之作？

而惟彼小人之作，則異於是。爲不善於閒居則無所不至，而著其善於厭然則自以爲得，强作於一時，而謂"可以掩其平生"；勉作於一處，而謂"可以眩其全體"，內以欺其心，外以欺乎人。而作之之詐百出，小而害于家，大而凶于國，而作之之禍無窮。甚至於自以爲君子，而反指君子之作爲小人之作，變亂黑白，顛倒陰陽，"眞小人、僞君子"之說，紛然而起。不幸有時君聽用之，則卒至君子反受作之之禍，而小人覆享作之之福，漢之黨錮，宋之姦黨是已。

雖然作之以君子之道者，雖或有橫逆之來而不害爲萬代之瞻仰；作之以小人之術者，雖多有得志之秋而不免爲千古之唾鄙。今考諸史冊，或風采可挹，或肝肺如見，不翅若薰蕕、涇渭之相反。則君子之作者，足知所勸；而小人之作者，亦可以邵走於照魅之鏡矣。

然而從古及今，作之而克造君子之域者，寥寥罕覯；作之而自陷小人之科者，滔滔皆是，抑獨何哉？是果君子之作難，而小人之作易耶？抑畏一時之禍，甚於畏天下後世之議耶？

愚於此未嘗不反復而歔欷，思欲以作之之有君子小人之別者，一獻之吾君作人之下而未有路耳。今何幸執事之問，犁然而作也。

綱目

問：《綱目》一書，乃朱子繼《春秋》而寓筆削之微旨者也。

對：知《易》則知《春秋》，知《春秋》則知《綱目》矣。《綱目》乃代繩後，聖賢相傳之秘訣也，特朱子名之耳。

蓋昔伏羲結網罟，而推綱擧目張之理，思有以垂大綱於萬世。於是始作一奇一偶之畫，默示消長、進退之機。其後有若文王、周公之聖，相繼而起，承其綱而目之，未嘗不致意於《否》·《泰》·《剝》·《復》之際、吉·凶·悔·吝之間。而周德既衰，王風陵夷，人欲滅乎天理，夷狄侵乎中國，則夫三聖之綱目，或幾乎息矣。

幸而天縱吾夫子，三絕章編，爰成《十翼》。蓋又以伏羲之綱、文王·周公之目，摠爲之綱而繫之以目。其所反復而惓惓者，要皆扶陽而抑陰，則其至公血誠，爲如何哉？而猶以爲見之於理，不若施之於事，遂乃託二百四十二年南面之權於一部《春秋》，敘事而誅意，懲惡而勸善，使亂臣賊子知所懼。則此又立一綱當一治，而彼四氏之傳，即其目也。

暨乎聖人沒而微言絕，綱、目之法遂廢，而立言記事者，殆以百家數，馬遷之勒成一家而未免繆亂之失，班固之瞻詳有體而猶有悖戾之咎。或誣於陳壽，或僞於范曄。則是皆《春秋》之罪人，尚何論於褒貶抑揚之道哉？

惟我紫陽先生，運際陽九，志奮秉燭，直接伏羲、文王、周公、孔子之綱，既立本義之目，又思所以紹《春秋》之大綱。時則有馬公之《通鑑》，即當時之《魯史》也。獨恨《晉史》之自帝魏，而世無魯連子之高風；歐陽之亂《唐經》，而徒有范太史之凡例。則其所以述孔業者，謾興託始迷幾之悲，而更張之責，不可不任。此《綱目》之所以作也。而《感興詩》所謂"《春秋》二三策，萬古開群蒙"者，正自道也。

然則其扶抑袞鉞，爲君子謀，不爲小人謀者，乃
《大易》之淵源，《春秋》之嫡傳，而《綱目》之所由來者，
遠矣。

以一部言之，則綱爲綱、目爲目；以萬世之大綱言
之，則《春秋》爲綱，《綱目》爲目。又上而論之，則《易》
爲綱，《春秋》爲目，《綱目》爲目中之目，雖統謂之一部
《綱目》可也。何也？以其所爲謀者同也。今徒知《綱
目》之接乎《春秋》，而不知其源之實自於《易》，則不幾
於理其目而不提其綱乎？

嗟乎！朱子之時，又已遠矣。而顧瞻中州，讀無地
於《春秋》，則雖使朱子復起而爲《綱目》，亦必絕筆於
崇禎。而吾東方禮義之俗，超然獨免於左袵天下，實符
夫子浮海欲居之意，則是所謂東周也。其誰有繼朱子
而修綱目者耶？抑卒不可復見耶？

愚也每讀是書，未嘗不俯仰傷歎，繼之以涕簌簌
下矣。今執事之問，適及於此，其亦有感於聖賢相傳之
綱目，碩果於吾東耶？意甚盛、意甚盛。

才

問：古語曰："才不借於異代。"此謂一代之才，足了一代之
事，而世之常患乏才者何歟？

對：人皆曰“才不借於異代”；愚獨曰“才必借於異代，然後方可謂眞才”。三代以上，能借才於異代，故不借而亦足；後世以來，不借才於異代，故欲借而不能。此後世人才所以日漸澆訛，而三代之治，卒不可一借者也，非天之降才爾殊也，顧借不借如何耳。

噫！旣曰異代，則其人與骨，皆已朽矣，雖不可復借，而其見於才者，則千年如隔晨，苟能借之，則其人亦自不乏。何必起九原而後謂之借哉？

伊尹有堯、舜君民之志，而自任以親見於身，則是唐、虞之才，而成湯用之，雖謂之借才於唐、虞可也。傅說應帝賚良弼之夢，而罔俾阿衡專美有商，則是湯時之才，而高宗相之，雖謂之借才於湯時可也。是皆能借異代之才，故不借而借。

如其不然，則彼寧終其身於莘之野、傅之巖，而不願爲之用也，雖欲一日借其力得乎。

三代以降，惟漢昭烈爲能知此義，故得羽、飛熊虎之勇，而猶以爲當代之才；見徽、庶明達之智，而尙以爲末世之才。志慕乎天民而求之以誠，望切於沃心而待之如渴，及其三顧於草廬之中也，宛然三代上人物，則遲遲春日之夢，忽覺於幡然之際耶？何其借異代之神也？

繇此言之，同代未嘗無異代之才也，惟是人君至誠所格，則夫曠百代而相感者，卽面前也，自不必借於異代。而厥或曰“異代有異代之才，今世有今世之才，各辦得一時之事，不惟不可借，亦且不須借"云爾。則是今世之才，亦不得借，而所謂辦一時之事者，不過架漏牽補，委靡頹惰而止耳，無怪乎人才之漸乏而治日之常少也。

抑又論之，五伯伯者耳，猶假仁義以成其業。而況王者欲求一代之才，安可不借同調於異代乎？借之云者，非借其人也，借其才於同時也。嗟乎！夫孰知萬古雲霄一羽毛，只在躬耕抱膝中耶？

雖然徒知才必借於異代，而遺落當世之士，遊心三代之上，自以為將待異代之才，則亦不免於大言無當。而過不及，皆非中也，茲又豈非用才者之所當知耶？

愚也尚論異代，每仰殷王、昭烈之誠，能借異代之才，欲以獻之九重而未有階耳。執事之問，特及於此，此便可謂天借。

命

問：孟子曰："莫非命也，順受其正。"此指氣數之命而言也。

對：命在於天耶？命在於人耶？語其初，則天者，人之所由以生，而其吉凶、禍福，皆天所命，是固不可不謂之在於天。而自人之所以事天者言之，則所謂"吉凶、禍福之在於天"者，可以自我而立矣，庸詎非在於人耶？

噫！存心養性，奉承乎天而無愧於賦予，則茲所謂存吾順事也；殀壽不貳，無違乎天而能全於禀付，則斯所謂沒吾寧也。莫之爲而爲者天，而不以人爲害之，故爲能立命於我；莫之致而至者命，而能以脩身俟之，故自然順受其正。非人事之外，別有天命，顧其道之盡不盡如何耳。

是故君子以理御氣，不委於命，而克盡了自家身分上道理，無少虧欠，則其吉其福，固正命也，其凶其禍，亦正命也。蓋其所以自盡者，初非有希於天，惟求無愧於理，則幸而自求多福，我有以致之也，不幸而橫逆之來，非我所自取也。斯豈非命之正者？

而惟彼小人，徇私以賊理，而自戕於巖墻，縱欲以傷生，而甚至於桎梏。則其陷於凶禍，固非正命也；幸免而吉福，亦非正命也。

然而天亦人也，人亦天也，天便是箇大底人，人便是箇小底天。則凡吾之所有者，皆自彼而來也，非天所付，則何以全之？非天所命，則何以立之？所以脩俟之者天也，所以順受之者天也，則命之在於天也審矣。

雖然在天言之，則皆是正命也；在人言之，則有正、有不正。夫天者，乃理之自然，而人物之生，皆其所命，則豈有不正？而戰兢臨履，修身盡道者，所值之吉凶，無非正命；處危犯罪，流蕩不法者，所取之禍福，皆非正命。是知在天之命，凡有生者之所同得，在人之正，能脩身者之所獨能，則天同而人不同，有如是矣。

抑天之所以命於人，則吉凶、禍福，死生、長短，萬變而不齊；人之所以事乎天，則盡道、順受，有正、無邪，一定而不易。命也者是氣也，則莫非命也；正也者乃理也，則一而已矣。是則天變而人不變也。

愚未知命在於天耶？命在於人耶？天同而人不同耶？天變而人不變耶？愚也自幼受讀，潛心究賾，雖反復萬端，而要不出於立命而已，思欲一質之知命君子者，日月稔矣。今於執事之問，倒廩而矢陳，其採之命也，其不採之亦命也。

《皇極經世書》

問：《皇極經世書》，康節所以演伏羲之書，作一家之經者。而天地萬物之理，皇王帝伯之事，陰陽之消息，古今之治亂，莫不畢論，則其有關於天下國家者大矣。

對：《皇極經世》一部書，一言以蔽之，曰中也；一人以蔽之，曰(堯)也。邵子之意，蓋欲以堯爲中，而建萬世之皇極，啓萬世之經世者也。今若不察其微意之所在，而泛以爲象數推演之書，則豈知此書者哉？

噫！堯其中天而興者乎。天地之始終，統而言之則一元。而一元之數，爲十二萬九千六百年，則在天地之間，猶一年也，又約言之則猶一日也。天開於子，地闢於丑，人生於寅，而消磨於戌，昏暗於亥，則邵子於寅上，註"開物"字；於戌上，註"閉物"字者，所以推天地之中也。而於日之甲、月之巳、星之癸、辰之申，特註"唐堯"字。此卽十二萬九千六百年之半，而以上爲六萬四千八百年之已往，以下爲六萬四千八百年之方來，則得天地之中數，建萬世之皇極者，非堯而何？

先乎此者，未之或至；後乎此者，有所不及。譬諸一年，則夏之將至也；譬諸一日，則日之向中也。考之曆數，稽之天運，質之人事，不翅若符節之合。則天始以堯命之中而作之君師，以做極治之盛，而作標準於一元也。

大哉堯也！惟天爲大，惟堯則之，蕩蕩乎民無得名，巍巍乎其有成功，煥乎其有文章，則其所以中天下而立者，夫豈偶然而已？而其授舜之言，亦不過曰中，則中之一字，其可易言乎哉？是故夫子刪《書》，斷自堯始；而邵子之撰是書也，亦起於堯卽位之元年甲辰。則是書之精神、命脉，與夫作者之心術精微，果不在於他。而世徒以"康節之易，先天之嗣"稱之，則其自書以呈上堯夫者，誠非過語也。

噫！上而伏羲、神農、黃帝之聖而不書於圖上者，以其不及於一元之中也；下而舜、禹、湯、文之隆而不著其始者，以其過於一元之中也。而獨於一元之半，大書特書曰"唐堯始星之癸一百八十、辰二千一百五十七",詳其年數,表而出之,其意若曰"開物之後,閉物之前,中天地者堯也"云爾,則之一部庸詎非爲堯而成耶?

抑又論之,邵子非後世人物也。其名則雍也,其字則堯夫也,其號則擊壤也,其事業則"天根月窟閒來往,三十六宮都是春"也。熙熙乎、皞皞乎康衢氣象,宛然復回於天門街花外小車,而閒中今古、靜裏乾坤,盡入於空樓之弄丸,則居然一含哺鼓腹之老人也,尚何知帝力之及於耕,而表章若是耶?抑以爲莫匪爾極,而思所以垂經世之大中耶?

愚也每讀是書,未嘗不欽歎其微意,思與後世之堯夫一論之矣,今何幸顚倒於先生之問也。

勇決持重

問: 少壯者勇決,老成者持重,勇決持重,取舍在何?

對: 人皆曰:"勇決者不能持重,持重者不能勇決。"而愚獨曰:"勇決然後爲能持重,持重然後爲能勇決,非勇決則無以持重,非持重則無以勇決。"何者?

夫見事風生,無所遲疑,此少壯者之所爲也;諳練周慮,不欲輕遽,此老成者之所行也。其動靜、緩急之相反，蓋有不可強比而同之者。而凡天下萬事，未有不相須而成者，則又豈可以形迹之有所不同，而遂不察其全體之未嘗不一耶？

噫！自其勇決處觀之，則勇決而止，而其所以勇決者，則未嘗不自持重中出來也；以其持重時論之，則持重而已，而其所以持重者，則未嘗不於勇決上做得也。是故砥柱乎頹波，駐足於萬馬，儼然有山嶽不拔之勢者，固未有不能勇決者也；決機於呼吸，獨斷於群疑，卓爾有神鬼不測之變者，亦未有不能持重者也。

厥或有不能持重，而徒事勇決，則是不過輕躁自用者流耳，烏得爲勇決乎？不能勇決，而但務持重，則斯不過鈍滯無謀者爲耳，烏得爲持重乎？

抑又論之，一人之身，自少而老，則志氣方強，聰明方盛之時，亦此人也；閱歷險易，智慮練熟之時，亦此人也。顧在其人之如何耳，豈方其少壯也，絕無持重者，而及其老成也，又絕無勇決者耶？然則世之以勇決持重判作兩件事，以少壯老成分爲兩截人，有若竝行而相悖，舉一而偏廢者，何足與論於相須之義也哉？

少壯者不能持重，則其所謂勇決，快犢之破車也；老成者不能勇決，則其所謂持重，首鼠之兩端也。今若遽見一事一行，而以少年輕銳之氣謂之勇決，以老熟厚重之態謂之持重，則彼闤闠之中，片言盟約，馳逐輕僄者，無非勇決也；緩不及事，忦忦俔俔者，無非持重也。不幸而用之者，便以爲眞箇勇決、眞箇持重，而屬之以事，則其不至於僨國而亡身也，幾希矣。

愚未知勇決者不能持重耶？　持重者不能勇決耶？
老成者非前日之少壯耶？　少壯者非他日之老成耶？　思
欲一質之當世之兼德君子，而未知爲誰矣。執事之問，
適有以及之，愚之所自重者，今可以勇前矣。

地圖

問：地圖者，所以知山川阨塞險夷處，而有國之不可廢者也。

對：以圖視圖，不若以非圖視圖。則何執事之惓惓於
世俗所謂地圖，而曾不及於地圖外眞箇地圖耶？　彼世
俗之不事乎此，而輒以畫圖爲有國之第一急務者，正
如畫工之惡圖犬馬而好作鬼魅也。　如欲供一時戲玩之
具則已，不然則豈知畫格者哉？

乃若愚所謂非圖之圖，則異於是。暘谷、昧谷，明
都、幽都之分排於四方，而十有二州、十有二山，莫不
領略於度內，則堯封之地圖可按也；冀、兗、青、徐、
楊、荊、豫、梁之羅列於九域，　而高山、大川、海
沙、朔南，靡不指點於眼中，則禹貢之地圖可考也。又
奚事乎一幅鮫綃之依微彷彿也哉？

且當時之德業聲敎，嵬乎蕩蕩，至今照人耳目，赫
赫若遵康衢而登龍門者，惟此非圖之圖是已。　向使一

畫工，揮灑出山峙水繞之形而已，則雖以天下神手，慘憺經營，模得十分逼真，而愚未知何者是放勳所被之四表，而何者是文命所敷之四海也。若是乎地圖之不可以圖也。是故三代以前，未嘗有所謂"輿地之圖"者，誠知其無益也。

周公洛師之圖始見於《書》，而澗水東、瀍水西之宛然如見於千載之下者，乃在於《洛誥》一篇，不在於其圖。而其圖又因其書，而可想當時之與卜並獻，則謂非輿地之真箇活畫可乎？

嗟乎！周亡而王迹熄，昔日文、武之山川、版籍，盡入於嬴家畫圖。而荊卿之齎送督亢地圖，只足爲設九賓之玩，則志士之難恨，庸有旣乎？

噫！顧瞻周道，此何等時？九幅之山河如畫，而讀無地於《春秋》；江、漢之朝宗失路，而人盡化於氈裘。堂堂華夏地圖，不翅若一片督亢，而易水白衣，更無聞焉。則禹迹之所揵，姬公之所營，其將淪沒不復，而謾留得山河影子於方冊上若干字而已耶？

嗚呼！誤天下後世者，未必非地圖爲之祟也。唐、虞、三代之時所繪畫者，日月、星辰、山龍、華蟲而已；藏於王府者，關石、和勻而已，夫安有地圖？

而降及後世，不此之務，惟地圖之是事，竭龍眠之工而惟恐一山之或差，極虎頭之技而惟恐一水之或漏。考諸輿誌，藏之王府，自以爲"握瑤圖於半幅，括富媼於錯繡"。

而一朝有土崩之患，則是圖也，適足爲仇敵嚮導之妙方，而畢竟未免求飽於畫餅矣。所以然者非他，由其以圖視圖，而不知以非圖視圖也。《書》曰"不見是圖"，《詩》云"我儀圖之"，又何必舐筆咂粉，解衣槃礡而後謂之圖也哉？

愚也每於讀書之際，未嘗不感慕於古聖人之則《河圖》而以非圖之圖爲天下地圖，又未嘗不惻然愍傷於後世之徒以圖爲圖而失却眞圖矣。不圖執事之問特及於地圖，其不至於葉公好畫則幸矣。

牛

問：農家所重者牛，而國以農爲本，農以牛爲用，則牛之有關於國也大矣。

對：牛之性猶人之性歟？曰"人與牛何可同也"。然而物吾與也，則其勞而欲逸，窮而欲生，亦其性也，又豈可不念，而少盡其力，老殺之耶？而況物之有功於人者，莫牛若也。而人之所賴，國之所恃，苟究其本，非牛不能，則其不可以比之於他畜也審矣。

彼小民知利而不知義，方其役之也，鞭叱驅使，殆無休息之暇。及其角曲而蹄穿也，輒屠之，略無不忍底意，使仁人君子見之，豈不惻然思所以正之乎？此程子所以極言其不義，而我英廟朝印頒《農事直說》之時，特載其說，以曉世人者也。猗歟！大聖人仁民、愛物之心，有足以感化末世、挽回淳俗，而卒不免紙上之空言，良可歎也。

蓋自上古聖人，服牛乘馬，以利天下。而《周禮》牛人之職，求牛以授職人而芻之，祭祀則共享牛，軍事則共犒牛，喪事則共奠牛，會同、軍旅則共兵車之牛。又曰："有力而不能走，於任重宜。其聲大而宏，於鐘簴宜。"又論筋角之用，而至以角之美者謂之"牛戴牛"，則其於牛之用，蓋備矣。

而獨不及於農牛者，蓋以牛耕之法，未及備具。故遂大夫之修稼政，鄙長之簡稼器也，亦未嘗有所謂牛矣。及夫丘牛之法出，而有"居則耕、出則戰"之說，其法寢備，其教寢廣，而至於後世，則專以牛爲農。

疾疫於東漢而墾田減少，兵革於淮西而民以驢耕，人代之法，女耕之詩，可爲太息，則牛之有關於農，爲如何哉？使斯民不食則已，不然則民不可以無牛也；使國家無民則已，不然則國不可以不用心於牛也。

嗚呼！任延能變九眞之俗，王景能化廬江之民。而今之受人牛羊而爲之牧之者，曾不知念及於此，民俗漸趨於偷薄，農功日至於鹵莽，而處處牛鳴，不翅介葛盧之三犧，則無惑乎田野之不闢、民生之益困也。

雖然犧牲不可以廢也，服箱不可以除也。聖人制法，固嘗以是而詔後，則亦烏可以其功之大，而徒順其欲逸欲生之性哉？古之人君，有中和之道，秉造化之權，太和元氣流行於宇宙之間，玉燭金膏洋溢於區域之內，民無不各安其業，物無不各得其所，凡厥肖翹蠕蝡，舉皆涵濡於鳶飛魚躍之中矣，又何足患於農功之有闕，而小民之知利而不知義也？然則彼角者，特未耜中一物，而兩足耕休，長林豐草，乃其得意處也。此又豈非其本耶？

愚也志是說，欲獻之九重而未有路耳。今何幸執事之問，犁然而副之也。

以君臣比夫婦

問：古人以君臣比夫婦者多矣。

對：《大學》之序，身而家，家而國，國而天下。有是身，有是家，則必有夫婦；有是國，有是天下，則必有君臣。是雖有先後、本末之次第、等級，而若其理之相通，道之相須，一而二、二而一，則又未可以家國之異而別般論之也。是故能修齊而不能治平者，未之有也；能治平而不能修齊者，亦未之有也。此家之肥、國之肥，所以均為之祥，而自古以君臣托辭取譬，必以夫婦者，良以此也。

雖然雲龍風虎之交會絕少，圓鑿方柄之齟齬常多，往往抱玉而泣刖，點素而成緇，謂抱忠愛之誠，莫攄悲憤之辭，殆同棄婦、怨女惜瑤草而傷明月，則其情若是相類，而其志可謂絕悲矣。

是故，從古以君臣擬夫婦，而比興之詠歎之者，恒在於有才無時嗟惜悁顧之地，則斯言也，謂之不祥亦宜。雖然《三百篇》中，托興於君臣、夫婦之間者，或微婉忠厚而為正聲，或淒切悲惋而為變音。因事見義，可以感發人之善心；托物引喻，可以懲創人之逸志，要之皆出於性情之正。

而《詩》亡之後，三閭大夫放逐江潭，又以楚聲發之為《離騷》，以可興、可怨之詞，兼不淫、不亂之美。今讀之，猶足以想像其憂愛惻怛之心，與日月爭光，則其所以激發乎忠臣義士之志，扶植乎民彝、物則之懿，歷億萬古不滅者，實由乎深得比興之遺旨也。由此言之，則又烏可不謂之祥也？

抑又論之，美女擯於宮者，以其為醜婦之仇也；賢者斥於朝者，以其為小人之妒也。夫男之於女也，妍醜易分，而猶有見擯之患，而況君之於臣也？君子則自以為君子而指小人為小人，小人亦自以為君子而指君子為小人，至易眩而極難辨者乎？此所以好君臣之難合，殆有甚於好夫婦之難合，而不得已強而比之於不祥之世也。

嗟乎！彼為君而不能辨者，固無可奈何？至於知而不能用，悅而不能尊者，是猶《終風》所謂"顧我則笑"

也，庸詎非尤可恨者耶？　且以衛靈公言之，有蘧伯玉、史鰌之賢，　又得王孫賈、仲叔圉、祝鮀輩而付之軍旅、賓客、宗廟之任，則其於君臣之際似也。　而獨柰何與夫人同車，招搖市過之，而乃使吾夫子驂乘乎？此則君臣、夫婦之間，皆失其正而卒不免無道之稱也。不然則以夫子行道之心，豈止爲際可之仕而已哉？　然則不先明乎修、齊之道者，難以語於治、平之功。　此羊裘老子所以見幾於糟糠，而釣烟水於桐江也，不亦不祥之甚乎？

　　愚也每於《大學》之序，有感乎家國之相須，又未嘗不慨歎於志士之不遇於時，　而徒留得區區比興之辭矣。　今執事乃以此比而問之，是欲聞修、齊、治、平之道也。茲又豈非聖世之祥乎？

登臨

問：登臨者，君子所以滌煩慮、怡神氣者也，豈可以遊觀之無益而廢之歟？

對：人皆知登臨之爲樂，而其所謂登臨者，特某山、某水，或樓、或臺而已。則此不過一時舒暢之資也，烏足與論於眞箇好登臨耶？

　　乃若愚所謂登臨，則異於是。　一片靈臺，半畝方塘，天光雲影，徘徊於活水之間；和風霽月，灑落於元氣之中，眞所謂無邊好光景，而人人皆可以登臨。但自是遊人不上來耳，是故終古登臨者，蓋無幾矣。

而登臨之術，在邇而不可求諸遠，在易而不可求諸難。雖仰之彌高，而自有上達之階級；雖問之於人，而實在自家之勉行。道岸之登，發軔於簣土；深淵之臨，循序於觀海。畢竟眼前豁然，氣象可觀，則斯豈非第一登臨處耶？

嗟乎！今古代絶，江湖路遠，恨不得攝齊於登農山、臨川上之日，得聞二三子言志，又不得詠歸於沂水、舞雩之春風。而謾自嘐嘐然想望其登臨底氣象，則趙季仁看盡好山水之願，陳同甫楊花樓臺之樂，愚不欲道也。

嗚呼！太山爲高矣，然太山頂上，已不屬太山，則登臨其可易言乎哉？惟在乎各自努力，不管得他人而已。苟或憚於積累，安於卑近，竿頭之步不進，半道之行遂廢，而自以爲是亦登臨也云爾，則此固非吾所謂登臨也。又有不循坦途，妄思驟進，騖一心於高遠，希奇功於捷徑，直欲一蹴而平步絶頂，則是亦非吾所謂登臨也。

然則登臨，不亦難乎？雖然世所謂登臨，雖終身奔走，必不能領略盡天下好處。而吾所謂登臨，則苟有意於登臨，斯盡天下之奇觀矣。世所謂登臨，雖有一時遊賞之樂，而要其歸趣，竟沒把捉，雖或稱之爲文吐天下之大觀，詩得江山之神助，亦苟焉而已。而吾所謂登臨，則步步而有所得，處處而適所用，其效至於春風和氣、睟面盎背，而萬象森羅，不出戶而知天下矣。庸詎非登臨之易且樂者耶？

雖然欲學是登臨，而或失之太幽深，或失之太高闊，中間一條平坦官路，却沒人行着，而只管上山下水，是甚意思？此其弊必至於仰面貪看鳥回頭錯應人，而又有遊騎出太遠之患，甚至於舍他自家正路，而却向別處走作，其害反有不可勝言者。則是又不如世所謂登臨者之歷覽名勝地界，以暢快心神、陶寫性情之猶可以爲一時之樂也。茲又豈非大可懼者乎？

愚也欲學而未能，每於靜裏想像得武夷九曲溪山回合，雲煙開斂，朝暮萬狀，信非人境，而徒自景仰於先生之春間一登臨，留止旬餘。則其將終不到好登臨境界，而只登臨世所謂山水樓臺而已耶？愚之所自傷久矣，而無與語之矣。今於執事之臨問，敢不以平日所蘊者登諸一篇乎？

色

問：接於目者皆色也。有天地、人物、自然之色，有服飾、器用、繪畫之色，而所尚之色，代各不同何歟？

對: 惡紫恐其亂朱, 貴黃爲其得中, 則孰不以爲正色勝
於間色, 而中色長於五色也? 然而凡物, 有是質然後
有是色, 則質者色之本也, 而白者又色中之質也。

　　愚請先言色中之質而後, 及於他色可乎? 夫白之
爲色也, 皓爾有太素之質, 天然無一點之雜, 凡天下萬
物, 苟究其本色, 則蓋莫非白也。而由其有所染也, 故
乃始爲靑爲赤爲黃爲黑, 爲間色爲雜色, 無所不爲矣。
然則是白也者, 眞箇是千萬色之本, 而管子所謂"素者
五色之質", 非麥語[39]也。是故《記》曰: "白受采。" 仲尼
曰: "繪事後素。"

　　夫以五采彰施于五色, 以之爲日月山龍之繪、黼
黻文章之美, 則色之盛者莫加於此。而《周禮》職金所
掌, 丹靑之藏, 亦以是也。猶且必後於素者, 以其白之
受采也。苟無白以受之, 則是雖有九文、六采之焜耀
爛燁, 將無所施而爲色矣, 白之爲色之本, 亦明矣。

　　彼墨翟之以練絲可以黃、可以黑而泣, 公孫龍之
以白石可以三、可以一而辨者, 此固吾儒之所不道。而
其所以爲說者, 不在乎他色而必在乎此, 則是必有所以
然者矣。嗚呼! 惟色亦必有所本, 至於人, 何獨不然?

　　夫質譬則白也, 文譬則采也。經禮三百、曲禮三
千, 燦燦焉具備, 則其所以文之者至矣, 而苟非其質,
禮不虛行。文學政事, 言語風采, 彬彬焉華美, 則其所

39　麥語: 夢語의 오사(誤寫)로 짐작된다.

以文之者極矣。而苟無其質，文無所用。是故君子必先務其質而後貴乎文，先事其實而後取乎華。

棘子成所云"質而已矣，何以文爲"者，固爲矯枉過直，而又烏可採庶子之春華，忘家丞之秋實也哉？此夫子所以有子貢之華，不若宰予之實之訓也。

苟或雕章縟采，彪之以文而結白論於逐迹；繁藻瞻飾，飀之以華而蜚白望於矜物。則此眞古人畫脂鏤冰之喻也，尙何文之足貴哉？抑又論之，"不曰白乎，涅而不緇"，白之所以爲白，爲其涅而不緇也，不然則不可謂之白矣。君子所貴乎質者，以其不爲物變也，此君子之所以爲君子，而其確乎不可拔，有如是夫。

雖然徒知白之爲五色之質，而專守乎白，若惠施之以堅白鳴，楊雄之以玄尙白，則非吾所謂"五色比象，以昭先王之禮樂文物"者也。人之於質也，又豈可不思所以文之乎？特有本末先後之差耳。

嗟乎！先其文而後其質，尙且不可，而況喪其性善之本色，而汙染於種種色色之物欲，有若沙之在泥、素之入漆，則不亦可哀之甚乎？

愚也每當虛室生白之際，默究獨行履素之義，而未嘗不有感於白之於采也，有似乎質之於文矣。今執事之問，適及於色，故不敢不正色以對。執事無異於愚之不論朱紫玄黃之色也。

二十八宿

問：二十八宿，經天而爲日月之躔次者也。

對：千歲之日至，可坐而致者，以其有星辰之度數也。而所以推其度數者，亦在乎就其大且要者，步之而已矣。是故天下之語星辰者，必曰二十八宿。

夫星之爲星也，奚獨二十八而已哉？誠以舉其大且要者，以包括之，則其餘小小星宿，直不過萬物之精耳，自不必區區而歷言之也。譬如堯之命四子，舜之命四岳、九官、十二牧，而自其下更不舉論也。

然而愚則以爲若以大且要者而約言之，則二十八宿亦非其至也，何者？天下之理無出於五行，而五行之精，實爲五星。則是五星者，乃與日月竝稱爲七曜者，而《書》所謂"在璿璣玉衡，以齊七政"者，此也。然則歲星、太白，足知雨暘之時恒；熒惑、辰星，可占燠寒之休咎。而太古之初，亦不過日月如合璧、五星如連珠而已。此四時之吏、五行之佐，所以宣其氣，而歲功所由成，品物所由亨也，只曰五星足矣，何必曰二十八宿也哉？

雖然又有大焉，不曰北辰乎？居其所而衆星拱之，處乎極而萬化由之。作天樞於正位，而太微、紫宮、軒轅、咸池之四維統焉；運帝車於中央，而句芒、祝融、蓐收、玄冥之衆佐隨焉。彼二十八宿者，七七而分，四布於旁。是爲四七二十八之數，而殆同君臣之象，則夫子之必以爲政以德譬之，而抱朴子所謂北辰以不改爲衆星之尊者，良有以也。然則五星，且猶不及於北辰，而況二十八宿乎？

此又如論唐、虞之治者，不言四子、四岳、九官、十二牧，而必稱堯、舜也。顧奚爲而不言北辰，不言五星，而必言二十八宿耶？若謂"星之在天，爲日月之舍，猶地之有郵亭。而斯二十八宿爲二十八舍，在天作躔度，在地主分野，不可不標稱"云爾，則凡天文二十一家、曆譜十八家所載，滿天列宿，棊施而萬燊者，皆有所象，皆有所主，又何不竝舉耶？

嗚呼！《周禮》馮相氏掌十有二歲、十有二月、十二辰、十日、二十有八星之位，以會天位，以辨四時之敍；保章氏掌天星及五雲、十二風，以星土辨九州之地，以觀妖祥。則蓋自車區占星以後，先王所以詔星官，而治曆明時，茂對育物者，固在於二十八分星矣，豈非以北辰、五星，有難考驗於日月之次舍、封域之區別？故存之以爲大綱領。而衆星又不可遍及於瑣細，故拈出他二十八箇大且要者，以爲測乾象之妙訣耶？又況唐堯之時，所以正四方而驗四時者，固不外乎此，則斯可以名言而不可易也已。

抑又論之，天道之與人事，未嘗不相應，則其可不思所以體行之道耶？夫人主之居尊，猶北辰之居所，則此所謂繼天立極也；萬民之麗土，如衆星之麗天，則此所謂庶民惟星也。吾夫子一德字之訓，炳若日星，固爲千萬世居北極而莅庶星者第一義， 則三公論道而爕理，六卿分職而寅亮，布一人之德，慰麗土之望者，顧不猶二十八宿環北極而摠衆星之象乎？

是故人所以應天者善，則天所以應人者，三能色齊而有景星之休；人所以應天者不善，則天所以應人者，彗孛蕩越而有妖星之災，可不懼歟？然則向所謂"會天位，觀妖祥"者，蓋莫非以天道之遠而察人事之近也。夫豈但步星辰之度數，致千歲之日至也哉？

愚也於星緯之學，瞀如也，則其敢曰二十八宿羅心胸？而至於天人相應之理，秤星已具，執事其毋曰"星問而☒答"也。

著者 尹愭

1741年(英祖17)~1826年(純祖26). 18世紀에 活動한 文人으로, 本貫은 坡平, 字는 敬夫, 號는 無名子이다. 幼年期에 文才가 뛰어나 집안의 囑望을 받았다. 20歲에 星湖 李瀷의 弟子가 되어 經書와 詩文을 質正받았다. 33歲에 增廣 生員試에 合格하여 近 20年을 成均館 儒生으로 지냈고, 이때 成均館의 모습을 그린〈泮中雜詠〉220首를 지었다. 52歲에 文科에 及第하였다. 藍浦縣監과 黃山察訪, 獻納 등을 거쳐 81歲에 正3 品의 戶曹 參議에 올랐다. 纖細한 感受性으로 自身의 內面을 描寫하고 自然을 읊었으며 權力者의 橫暴와 兩班 社會의 不條理를 날카롭게 批判하였다. 또 400首의〈詠 史〉와 600首의〈詠東史〉를 通해 歷史意識을 詩로 形象化하였다. 著書로《無名子集》이 있다.

校勘標點 李奎泌

1972년 慶北 醴泉에서 태어났다. 啓明大學校 漢文敎育科를 卒業하고, 大邱 文友觀에서 受學하였다. 成均館大學校 漢文學科에서〈臺山 金邁淳의 學問과 散文 硏究〉로 博士學位를 받았다. 韓國古典飜譯院 硏究員을 거쳐 現在 成均館大學校 大東文化硏究院에 在職 中이다. 論文으로〈近現代 古典飜譯에 對한 一考察〉,〈韻文飜譯과 그 體制 摸索에 對한 提言〉이 있고, 飜譯書로《無名子集》이 있다.

圈域別據點研究所協同飜譯事業 研究陣

研究責任者　辛承云(成均館大學校 文獻情報學科 教授)
共同研究員　李熙穆(成均館大學校 漢文學科 教授)
　　　　　　陳在敎(成均館大學校 漢文敎育科 敎授)
　　　　　　安大會(成均館大學校 漢文學科 敎授)
責任研究員　姜珉廷
　　　　　　金菜植
　　　　　　李奎泌
　　　　　　李霜芽
先任研究員　李聖敏
研究員　　　李承炫

校正　　　　鄭美景

校勘標點
無名子集 6

尹愭 著 | 李奎泌 校點

初版 1刷 發行 2015年 12月 31日
編輯·發行 成均館大學校 出版部 | 登錄 1975. 5. 21. 第1975-9號
住所 (110-745) 서울市 鍾路區 成均館路 25-2
電話 760-1252~4 | 팩스 760-7452 | 홈페이지 press.skku.edu
組版 고연 | 印刷 및 製本 영신사
ⓒ 韓國古典飜譯院·成均館大學校 大東文化研究院, 2015
Institute for the Translation of Korean Classics·Daedong Institute for Korean Studies

값 20,000원
ISBN 979-11-5550-142-9　94810
　　　979-11-5550-105-4 (세트)